「どういうつもりだっ、よくも私の番に手を出したな!」
地底から響く声と共に、ルイが姿を現す。
illustration by TOMO KUNISAWA

砕《くだ》け散《ち》る薔《ば》薇《ら》の宿《しゅく》命《めい》

犬飼のの
NONO INUKAI

イラスト
國沢 智
TOMO KUNISAWA

Lovers
Label

CONTENTS

プロローグ

「淫魔《いんま》風情《ふぜい》が私に逆らうからこんな目に遭《あ》うのだ。大人しく従っていればいいものを――」

蒸《む》し暑《あつ》い夜だった。

四川省《しせんしょう》の奥地に建つ古い館《やかた》に、血の匂《にお》いが満ちている。

調香師《ちょうこうし》として、日本から天然香料の採取と買いつけに来ていた青年、香具山紲《かぐやませつ》は、血液と精液に塗《まみ》れた中華風の寝台に横たわっていた。

シーツに染みた血が冷えて、首筋《くびすじ》の咬《か》み傷《きず》から溢《あふ》れる鮮血《せんけつ》だけが熱を帯びている。

人間に淫心《いんしん》を抱かせる淫魔の血を持つ紲にとって、拘束《こうそく》されることも凌辱《りょうじょく》されることも特別珍しい出来事ではない。けれど決して慣れることはなかった。

力づくで犯《おか》される度に、家族を狂気《きょうき》に陥《おとしい》れた悪夢の記憶が蘇《よみがえ》る。

深い悲しみと怒りに心が震《ふる》え、憎《にく》しみが募《つの》っていった。

――指輪の血が……。

自分を暴行した男の足下に転がっていた指輪から、誓《ちか》いの石が溶《と》けていく。

魔力によって宝玉《ほうぎょく》の如《ごと》く固まっていた血が、床の上でシュウッと音を立てて蒸発《じょうはつ》した。

指輪の表面には、魔族《まぞく》を統率《とうそつ》する宗教会、ホーネット教会の紋章《もんしょう》が彫《ほ》られており、石が消えた今は目立つ窪《くぼ》みができている。

表には王冠《おうかん》を戴《いただ》く大雀蜂《オオスズメバチ》と十字架《じゅうじか》――裏にはルイ・エミリアン・ド・スーラという吸血鬼《きゅうけつき》の名前が、フランス語で刻《きざ》まれていた。

『紲――これを受け取ってくれ。貴族悪魔の番《つがい》に選ばれた者に贈られる指輪だ。他の悪魔からお前を守ってくれる』

『……番？』

『番とは、種族や身分を越えて共に生きる誓いをした二人のことを差す。この指輪の赤い石は誓いの石と呼ばれる物だ。私の血を魔力で固めてルビーに変えてある』

『どうりで血の匂いがすると思った……本当になんでもできるんだな』

『この石は、私が死ぬか、番を解消する時まで溶けることはない』

『なんか、それって……』

『結婚の約束のようだろう？　私はそのつもりだ。生涯《しょうがい》お前だけを愛するのだから――』

――……ルイ……。

誓いの石を失った指輪を、ルイは無言で拾う。

紲には、彼にかける言葉が見つからなかった。

こうして最悪な結末を招《まね》いてしまったことを悔《く》やんでも、凌辱された衝撃《しょうげき》で何も言えない。

　相手が誰であろうと関係なかった――絶対に犯されたくなかったのだ。どうしても、二度と嫌だった。今は怒りや失望《しつぼう》で頭がいっぱいで、話し合うことなどできない。

「……っ、さよなら……ルイ……」

　瞳《ひとみ》の表面で揺《ゆ》れていた涙《なみだ》が零《こぼ》れ、視界が晴れる。ルイの姿がよく見えた。

　返り血を浴びた白い頬《ほお》、月明かりに輝く黒髪、水銀のようにぎらりと光る紫の瞳――そして何よりも、彼の匂いを忘れない。

　それは強《し》いてたとえるなら朝摘《あさづ》みのローズ・ドゥ・メ。そこに雌《めす》を誘引するムスクの香りが微《かす》かに潜《ひそ》む――けれど違う。ルイからは、地上の如何《いか》なる香料や言葉を用いても表現できない匂いがした。複雑にして艶冶《えんや》な香りが、体の奥深くまで沁《し》みてくる。

「私の前に二度と現れるな――次に会ったら殺す」

　凄《すさ》まじい殺気《さっき》が、突風のように押し寄せてきた。

　血に濡《ぬ》れたルイの唇《くちびる》の向こうに、一度は収めたはずの牙《きば》が見える。

　再び咬まれたら間違いなく死ぬことを察している体が、びくんと震えた。

　ルイはなけなしの理性で感情を抑《おさ》え込んでいるだけだ。正真正銘《しょうしんしょうめい》の殺意がそこにある。

　甘苦しいほど切なく、「愛している」と訴《うった》えていた唇が、今は悲憤《ひふん》に戦慄《わなな》いていた――。

1

不意に目を覚ますと、こめかみが濡れている。少し乾《かわ》いて肌《はだ》が突《つ》っ張《ぱ》っていた。

紲は枕《まくら》に横顔を埋《うず》めたまま、ゆっくりと瞬《まばた》きする。

空気を揺らしたくなかったので、そのままの姿勢で瞳だけを動かした。

今は夏の夜ではなく冬の朝だ。場所も中国ではない。

ここは日本で、旧軽井沢にある鹿島の森に佇《たたず》む屋敷の一室だ。

寝室が広いと落ち着かない紲は、私室や研究室とは別に六畳の洋室を使っている。珪藻土《けいそうど》の壁《かべ》と天然木の床と天井に囲まれ、壁二面は硝子《ガラス》張《ば》りになっていた。部屋としては小さくとも、苔《こけ》むした鹿島の森を望《のぞ》める開放的な部屋だ。

──また昔の夢……やけにリアルだったな……血を吸われたみたいに首が怠《だる》い……。

紲は羽毛布団《うもうぶとん》の中で少しだけ手を動かし、昔ルイに咬まれた首筋に触れる。

まだ空気を揺らさず、夢の余韻《よいん》に浸《ひた》っていたかった。

本気で殺されると思い、怖かったけれど……泣くほど悲しかったし、許せない怒りもあったけれど、鼻腔《びこう》に蘇る香りはあまりにも魅惑的《みわくてき》なものだった。

現実に今ここに存在する匂いに、あの香りを侵《おか》されたくない。

——香水にして保存したかった……ルイの香り……。

心の中で再現すると、森がオールド・ローズの楽園《らくえん》に変わっていく。

彼と出会った瞬間、唯一無二《ゆいいつむに》の香水を作りたいと思った。いつも傍《そば》に置いておきたかった。

一目で恋したのではなく、一嗅《ひとか》ぎで恋したと言ったほうが適切なくらい彼の匂いが好きで好きで、見つめ合うと口づけたくなり、触れ合うと体を繋《つな》ぎたくなった。

——ルイ……。

紲は布団の中から左手を出し、中指に嵌《は》めた黄金の指輪を見つめる。

王冠を戴く大雀蜂と十字架、そして貴族悪魔の血液を魔力で固めて作ったルビー——ルイが贈ろうとしてくれた指輪と瓜二《うりふた》つだった。けれど裏側には、漢字で李蒼真《リーツァンヂェン》と彫《ほ》られている。

——後悔してるわけじゃないのに……夢を見て……泣くなんて……。

深い溜め息と共に瞼《まぶた》を閉じると、ベッドの横にルイが立っているかのように感じられた。

香りと共にその姿を想い描《えが》くだけで、下着の中の雄が硬度を増し、心臓がとくんと鳴る。

「……っ、ん……ぅ」

紲は瞼を閉じたまま、体の要求に従った。

左手で首筋を押さえ、ルイの牙や唇の感触、血を吸われる感覚を辿《たど》る。

吸血鬼に咬まれて、毒《どく》に侵されながら抱かれるのは堪《たま》らなくよくて、浅く咬まれて少しだけ血を吸われたことは何度もあった。紲の体には毒が半分程度しか効かないので、純粋《じゅんすい》な人間のように意識を失うことはない。ふわふわと雲の上を漂《ただよ》う酩酊状態《めいていじょうたい》になり、いつも夢心地だった。そのおかげでベッドの中では素直になれて、本能を剝《む》きだしにしてルイを求めた。彼もまた、激しくて優しくて……最後の夜以外は、濃厚な蜜《みつ》のように愛し合った。

「――は……ぁ、ぅ……」

声など出したら、耳のいい同居人に気づかれてしまう。

それでも止められなくて、紲は唇に歯列を食い込ませた。

自分を慰《なぐさ》める時、イメージするのはいつでもルイの香りや声、その存在のすべて――。

混血悪魔の彼は出会った時点で二百年以上も生きており、フランス革命前に貴族として暮らしていたと言っていた。悪魔としても貴族で、それが実にすんなりと納得できる風格を持っている。冷たい雪色の肌に漆黒《しっこく》の髪、瞳の色は――吸血鬼の時が紫で、人間の時は紺碧《こんぺき》だった。

地の底から響《ひび》くように低い声は、官能的な艶《つや》を帯びている。剣術《けんじゅつ》や射撃、馬術に長《た》けた体は鋼《はがね》のように力強く、妖艶《ようえん》な美貌《びぼう》は見惚《みと》れるばかり。嫉妬《しっと》や引け目を感じる余地すらなかった。

「……っ」

紲は羽毛布団を引き剝《は》がし、寝間着のズボンをずり下ろす。

下着から顔を出している屹立《きつりつ》を利き手で摑《つか》んで、クチュクチュと鳴らしながら扱《しご》いた。

室内の空気に触れるとひんやりとしたが、体は熱く火照《ほて》っている。すぐに両手を使わずにはいられなくなった。先走りに濡れる先端を、左の掌《てのひら》でぬるぬると撫《な》でる。鈴口を強めに刺激しながら、利き手を全体にスライドさせた。

「うっ、ん……っ」

射精すれば、同居人の蒼真《そうま》が必ず嗅ぎつけて飲みにくるだろう。

いつになっても恥ずかしいと言えば恥ずかしいが、蒼真も自分も永遠に若い体のまま生きているので、こういった衝動は仕方がない――お互い様だと理解し合っていた。

――……ルイ……ッ……。

番になろうと言ってくれた人を想いながら、紲はベッドの上で身を仰《の》け反《ぞ》らせる。

貴重な体液を寝間着に染み込ませるわけにはいかないので、片手で上着のボタンを外した。手で受け止め切れなくても腹や胸にかかる状態にして、再び両手で雄を扱く。

「……っ、ぅ……く……ぅっ」

血管が隆々《りゅうりゅう》と張りだし、硬くなったカリが指先に引っかかる。

視線を向けなくても、透明だった蜜の濁《にご》りを感じられた。精液の匂いが混じりだしており、嗅覚《きゅうかく》の感度を下げていても鼻につく。

「――……っ、ぅ……は、ぁ……っ！」

紲は噛《か》んでいた唇を解放し、左手で受け止めながら精を放つ。

犯されることを何より嫌い、恐れていることを知っていながら暴行に及《およ》んだルイを、今でも許せない思いがある。それでも結局、彼のことを考えながら達した――。

『――紲、もういい？』

頭の中に直接、蒼真の声が届く。同時に扉をトストスッと叩《たた》かれた。

お決まりの流れではあったが、いつも以上に陶然《とうぜん》としていた紲は、黙《だま》って一息つく。

それから右手で下着とズボンを持ち上げ、精液を受け止めた左手をベッドの横に下ろした。

「……いいぞ」

答えるとすぐに、レバータイプのドアノブが下がる。

キィッと鳴るのは扉のみで、蒼真自身は音を出さなかった。

開いた扉の隙間《すきま》から茉莉花《ジャスミン》系の香りが流れ込み、黒い斑紋《はんもん》の入った金毛の前脚が見えてくる。

かなりの体重があるはずなのに、木の床は不思議《ふしぎ》なほど沈黙《ちんもく》していた。

『おはよう』

音もなく部屋に入ってきたのは、体長二メートル足らずの豹《ひょう》だ。

黄金の被毛には梅の花に似た黒と茶の斑紋が並び、瞳は貴族悪魔特有の紫色をしている。

扉はさほど大きく開いてはいなかったが、細い隙間からスーッと、体を曲げるように部屋に入ってきた。実に柔軟《じゅうなん》な動きを見せ、重みのある尾で扉を閉める。

「おはよう、起きてたのか？」

『いや、いい匂いで目が覚めた。その前に色っぽい声が聞こえたしな』

「――最悪。耳栓《みみせん》でもしておけ」

『いまさらだろ？』

無音で歩いてきた蒼真は、紲の左手に鼻先を近づける。

うっとりと目を細めると、精液の匂いを愉《たの》しむように吸《す》い込んだ。

その体からは微かな呼吸音しか聞こえないが、紲の頭には人の言葉が届く。表情にしても、人間に近いバリエーションで変化した。一見すると普通の豹だが、やはり違う。

「いつまでも嗅いでないでさっさと舐めろ」

蒼真は『はいはい、いただきます』と言って舌《した》を出し、紲の左手を舐める。

ピンク色の舌は器用に動いて、掌は疎《おろ》か、指股ひとつひとつまで余す所なく舐め取った。

猫《ねこ》の舌以上にざらついているので、同じ所を繰り返し舐められると手がひりひりとしてくる。

左手を舐め終えた蒼真は、鼻をひくつかせて胸に迫ってきた。トッと床を蹴《け》ってジャンプし、音らしい音は立てずに体を跨《また》ぐ。もしも普通の豹だったら、喉笛《のどぶえ》を咬まれそうな体勢だ。

「うっ、ぁ……っ」

鳩尾《みぞおち》から鎖骨《さこつ》に向けて斜《なな》めに舌を這《は》わされ、紲はざらついた感触に怯《おび》える。痛いので乳首は絶対に舐めないよう言い聞かせているものの、夢中になると忘れられる可能性は否《いな》めなかった。

幸い今朝《けさ》は無事に終わり、頭上にある紫の瞳が爛々《らんらん》と輝きだすのが見て取れる。力が漲《みなぎ》っているせいだった。悪魔の姿で人間の体液を摂取すると、誰でもこうなる。

「……っ！」

この次に何をするかは決まっているので、いつも通り待っていた紲は――先程まで見ていた夢を急に思いだした。蒼真が部屋に入ってきて気持ちが切り替わったような気がしていたが、油断してルイのイメージを膨《ふく》らませてしまう。やけにリアルな夢だったせいかもしれない。

『紲？　どうかした？』

「――いや、なんでもない……」

なんでもないと言いながらも、そういう顔ができなかった。

かつてルイは番を結婚同然のように語っていたが、捉《とら》えかたは人それぞれで、紲と蒼真は友人でしかない。これから行う飲精《いんせい》行為は、人間と共存していくための食餌供給《しょくじきょうきゅう》に過ぎなかった。つまりルイに対して罪悪感《ざいあくかん》を覚える必要はなく、そもそも暴行の果てに脅《おど》されて決別したのだから気にすることもないのだが……今朝はなんだか変だった。妙に気になって仕方がない。

『んーっ』

そんなこととは露《つゆ》知らず、「なんでもない」という言葉を信じたらしい蒼真は前脚を揃《そろ》え、頭を下げて背中を反《そ》らす。気持ちよさそうに伸びをして、実際にも「グゥー」と鳴いた。

紲の体の上で一旦《いったん》骨や筋肉を馴染《なじ》ませてから、一気に変容する。

黄金の被毛も白い腹毛も、斑紋の黒や亜麻色《あまいろ》の毛も、その大半が皮膚《ひふ》の中へと消え去って、紫の瞳は紺碧に変わった。逆三角形の黒い鼻からは色が抜け、鼻筋の通った人間の顔になる。

蒼真は三百年以上生きている混血の貴族悪魔で、正しくは李蒼真という名だった。

アジア系の豹族の長《おさ》であり、人間としては清《しん》の皇帝《こうてい》の甥《おい》として生まれた。一応中国人ということになるが、変容すると国籍不明《こくせきふめい》な金髪の青年に変わる。体格からして東洋的ではなかった。

体毛の色は単なる気まぐれで、豹の被毛が持つカラーであれば、どれを選んで人間に戻ることもできる。基本は黒く、出会った時もそうだった。紲と同じ亜麻色にしていた時期もあれば、白い髪にして「クールだろ？」と自慢《じまん》していたこともある。

「あれ？　なんか首の所に痣《あざ》ができてる。鬱血《うっけつ》してるみたいだな」

「鬱血？」

ハニーブロンドの美青年に変容した蒼真は、人間に戻るなり紺碧の瞳を丸くする。

彼の視線が向かったのは左側の首筋で、紲はハッとして首を押さえた。

「まるで吸血鬼に咬まれたみたいな痕だな。誰か忍んできてたりして」

意味深な言いかたをする蒼真を睨《にら》み、紲は眉《まゆ》を寄せる。

妙にリアルな夢の影響《えいきょう》が体に出てしまったのだと思ったが、それを言いたくなかった。

「……お前の結界《けっかい》の中だろ。寝る時も外すなって言うから、ちゃんと指輪も嵌めてるし」

「結界なんて貴族がその気になったら破《やぶ》られちゃうし。それに指輪は単なる所有者証明に過ぎないから、無視する奴だっているんだぜ」

蒼真は話しながらも右手を自身の股間に向けており、反り返った雄を扱いている。

そしてざらつきのなくなった滑《なめ》らかな舌で、乳嘴《にゅうし》をぺろぺろと舐めてきた。人間に戻ったところでネコ科動物の習性が完全に消えるわけではなく、一度舐め始めたらいつまでも飽《あ》きずに舐め続けていることがよくある。

「……っ、おい……そこは、やめろ。感じるだろっ」

「だってまだ少しついてたから……気になるじゃん。豹の舌で舐めなかっただけ偉《えら》いだろ？」

紲の上に覆《おお》い被《かぶ》さりながら自慰《じい》に耽《ふけ》る蒼真は、くすっと笑って手の動きを速めた。

これはあくまでも食餌供給なので、相手を感じさせてはいけないというルールがある。

しかしそれを守ったところで、大正生まれの日本人である紲には、こういった行為を完全に割り切るのは難しい。かといって深刻《しんこく》に悩むほど青臭《あおくさ》くもなく、常に茫漠《ぼうばく》とした心持でいた。

「——……っ、そろそろだよ……早く変容したら？」

促《うなが》されて我に返った紲は、すぐさま瞼を落とす。

慣れれば変容は難しいものではなく、集中力さえあれば難なくできる。

悪魔化した自分をイメージすると、瞳の色がたちまち変わった。体が軽く感じられるため、鏡を見なくても変化がわかる。

何より実感できるのは尾で、先の尖《とが》った蜥蜴《とかげ》の尻尾《しっぽ》に近い尾が、双丘の上から生えてきた。手触りはマットタイプのビニールのようにさらさらで、色は黒だ。瞳は使役《しえき》悪魔特有の真紅《しんく》になり、唇も仄《ほの》かに色づく。そして淫魔ならではの性フェロモンが強まった。

しかし蒼真には関係ない。上位に位置する貴族悪魔には、使役悪魔の魔力は効かなかった。

「……紺っ、もう……イク……ッ」

紺のフェロモンとは関係なく自慰で絶頂を迎えた蒼真は、その瞬間に身を起こす。

紺も彼に合わせるようにして、ベッドマットから背中を離した。

「――ッ、ハ……ッ！」

蒼真のウエストに手を当てながら、舌で精液を受け止める。

多少唇に触れてしまうこともあるが、基本的には性器に触れたり舐めたりはしない。

蒼真の手が止まっても紺は鳥の雛《ひな》のように口を開けたまま待ち続け、蒼真が第二陣第三陣を放ち切った後で、管《くだ》の中を搾《しぼ》りだしてくれるのを待っていた。まるでレトルトパックの中身を出し切るように、根元から先端までグチュゥ……と潰《つぶ》され、残滓《ざんし》が押しだされていく。

「――……んっ、ぅ」

最後の一滴《いってき》を飲み干すと、もっと欲しくて吸いつきたくなった。

それはどうにか理性で抑えられるが、時には黒い尾を細く伸ばして蒼真の雄に絡《から》みつかせ、強引に搾りだしてしまうこともある。そうなるのも仕方がないのだ――すべての悪魔にとって人間の体液は生きるための糧《かて》になるが、種族により求める物が違う。淫魔は性分泌液《せいぶんぴつえき》を必需《ひつじゅ》としているため、それに対する渇望《かつぼう》は他の種族とは比べものにならなかった。

「目の色が凄《すご》いな、鮮血みたいな色。朝なのにギラギラ光ってる」

「――四日振りだからな……濃厚《のうこう》だったし」

「首筋の痣も消えてる」

蒼真は射精により昂《たかぶ》った胸を上下させ、ベッドの脇《わき》に置いてあったガウンを手に取る。袖《そで》だけ通して腰紐《こしひも》を結ばずに、紲の隣に寝転がった。きちんとすればモデルのように装える蒼真だったが、家の中でまともな服を着ることは滅多《めった》にない。一日に何度も変容するため下着も着けず、どの部屋にもガウンを常備していた。

「……また寝るのか？」

「夜行性ですから。力を蓄《たくわ》えて蓄えて……夜になったら狩《か》りにいこうっと」

「留守番を頼もうと思ったのに。今日は肉が届く日だから、できればすぐ受け取って冷蔵庫に移したい。寝てもいいけど服を着て寝ろ、自分の部屋でな」

「えー……不在でもまた持ってきてもらえるだろ？　紲が帰ってから受け取ればいいじゃん」

「お前のための肉だぞ」

紲が耳を摑んで引っ張ると、蒼真は人間の姿でありながらも「キャウッ」と鳴く。

旧軽井沢は不便な場所ではないが、二人は外出を極力控《ひか》え、配達に頼って暮らしていた。

個人宅としてはありえないほど大量に肉を消費するので、一つの業者というわけにもいかず、全国各地の厳選《げんせん》した業者から怪《あや》しまれない程度の量を取り寄せている。すべて蒼真のためだ。

「ところで留守番て何？　いつもみたいにラボに籠《こ》もって仕事するんじゃないの？」

「どうもイメージが固まらないから、湖でスケッチしてくる。今度のはグリーン・ノートでもマリーン・ノート系の香水だって話しただろ？　せっかく海に行って何か摑んだ気がしたのにまたよくわからなくなった。海じゃないけど、とりあえず水に触れたら何か……」

「ダメダメ。独りで出かけるなんて危ないし、庭の池で我慢《がまん》して」

「……っ、おい！」

香水の話には興味を示さない蒼真は、言葉を切るなりしがみついてくる。

ベッドから下りるのを邪魔《じゃま》された挙《あ》げ句《く》に、頭を枕にバフッと沈《しず》められてしまった。

紲の体も決して貧相《ひんそう》ではないのだが、長身かつ怪力《かいりき》の蒼真には敵《かな》わない。抗《あらが》うことさえ馬鹿馬鹿しいほどの力の差も、種族の差だと思えば悔しくもなかった。

「人間に近づくわけじゃないし、近場だから独りでも平気だ」

「冬の湖なんて閑散《かんさん》としててかえって危ない。淫魔のフェロモンに釣《つ》られて誰か襲《おそ》ってきたらどうするんだよ。近場に居たって、俺は真っ昼間に駆けつけるわけにはいかないんだからな」

「――じゃあ一緒に……」

「行かないし今日はダメ。十二月一日だろ？　誕生日くらい仕事休めよ」

「誕生日？　ああ、忘れてた……いまさら関係ないだろ？　重いから退《ど》けって」

「俺だって自分のは忘れちゃうけど、今回は特別。紲は今日で百歳になったんだから」

「――っ」

本当に忘れていた紲は、言われて初めて自分の年を考える。複数の戸籍《こせき》を用途によって使い分けて生きているので、本当の年齢や誕生日などあまり意識してはいなかった。

「ああ……そうか、そうだったな……百歳だ……なんか、嫌だな。急に年を食ったみたいだ」

「そんなこと言ったら俺はどうなるんだよ」

「三百もいくと逆になんとも思わない。人間でもあり得る年って中途半端《ちゅうとはんぱ》だな」

「とにかく特別な誕生日なんだから、今日は家に居ろよ。そうすれば肉も受け取れるだろ」

「百歳だからって特別でもなんでもないし、関係ない。俺は今の仕事を早く終わらせたいんだ。幸い精液を摂取したばかりだし、フェロモンの放出は抑えられる。お前は着替えてチャイムが鳴ったらちゃんと出ろ。肉専用の冷蔵庫に入れるんだぞ」

紲は蒼真に乗っかられた状態で金髪に指を絡め、それをわしゃわしゃと乱す。本当は冬用に伸びた豹の被毛を撫《な》でるのが好きで、人間の時の髪に触っても面白くもなんともないのだが、手が癖《くせ》になっていた。

「ダメダメ、ほんとにダメ。お願いだってば、今日は家に居て～」

頬をすり寄せられても猫なで声を出されても、紲は予定通り湖に出かけるつもりでいる。

元王族の蒼真には働くという概念《がいねん》がなかったが、紲は大手香水会社と契約している調香師で、社会と繋がりを持って仕事をしていた。蒼真に付き合って遊んでいる場合ではないのだ。

「さっさと退け。俺は出かける」

口で言っても諦《あきら》めないと思い、紲は押し倒された体勢のまま尻尾を振る。

蒼真の顔の横でメトロノームのように左右に振って見せつけてから、蛇《へび》さながらにシーツの上をスルスルと這わせた。ただそれだけで蒼真の視線は釘《くぎ》づけになり、拘束《こうそく》は弱まっていく。

長い付き合いなので彼の性質も扱《あつか》いかたもよくわかっていた。抱きつかれると力では敵わないが、無理に抗わなくとも『北風と太陽』の教訓のように上手く立ち回れば、蒼真は我慢できなくなって尾に飛びついてくる。

「あっ！」

「毎度毎度同じ手に引っかかって……馬鹿か、お前は」

ベッドの右側に流した尾に蒼真がシャーッと挑《いど》んできた瞬間、紲は人間に戻った。

猫じゃらし代わりの尾を収め、勢い余って床の上にダイブする蒼真を横目に見る。その隙に左側から下りると、マットに猫手をついた彼が恨《うら》みがましい顔で睨み上げてきた。

「ほんとに出かけちゃダメだってば。今日は客が来るんだからっ」

「……客？　客って……誰だ？　貴族か？」

シャワーを浴びるために寝室を出ようとした紲だったが、思いがけない言葉に足を止める。

蒼真は群《む》れることを嫌うが、知人はそれなりにいる。貴族であるため強制的に、魔族で構成された宗教会、ホーネット教会の幹部にされているせいだった。

「うん、そう……貴族。誰だと思う？」

嫌な予感と、ひとつのイメージが頭の中にじわじわと広がっていく。

蒼真は気ままに生きてはいるが、自分の番が危険に晒《さら》されるようなことはしない。

それどころか他の貴族悪魔に紲を会わせないよう、接触を避《さ》けていた。通常、使役悪魔は『赤眼《あかめ》』と呼ばれて見下されるうえに、淫魔は性奴隷《せいどれい》として人気が高いからだ。

「お前……まさか……っ」

「あーあ、来るまで秘密にしておきたかったのに……サプライズ的にさ。一昨年《おととし》だったかな、いや五年くらい前かな？　管理地域が離れてるからルイと会合で会うことはないんだけど……例の如く魔力のせいで引き合っちゃったみたいで……イタリアで偶然再会したんだ。アイツ今イタリアに住んでるから。連絡先の調べはついたんで、今日に合わせて招待状を送っておいた。紲の百歳の誕生日に来てねって」

「……っ、どうして……そんな」

体中の汗腺《かんせん》という汗腺から、ドッと汗《あせ》が噴《ふ》きだす感覚が襲ってくる。

理由がまったくわからなかった。蒼真は余計な気を回すタイプではないし、自分とルイが過去に最悪な別れ方をしたことを知っている。それなりに空気を読めるので根掘《ねほ》り葉掘《はほ》り聞こうともしない、そういう淡白《たんぱく》な男だった。五年ほど前に会ったという話も初耳だ。

「本当に、ルイを日本に呼んだのか？　ここにっ？」

「呼んだよ。今日来るとは限らないし、返事が来たわけでもないんだけど、たぶん今日来るんじゃないかな。そういう直感が働いてる」

蒼真はベッドの向こうで立ち上がり、こめかみを指先でつついた。

笑いながらガウンの腰紐を結びだす彼を前に、紲は自身の心音に囚《とら》われる。

今にも心臓が破裂《はれつ》して、気をしっかり持たなければ立っていられなくなりそうだった。

普段あまり掻《か》かない汗が、背中の中心を流れていく。

「……っ！」

仕事の時以外は感度を下げている鼻に、淫魔としての性フェロモンの匂いが引っかかった。

淫魔にとってフェロモンは魔力そのもので、制御が効かなくなっているのがわかる。

人間の姿に戻ってもここまで匂うのは、ルイとの接触を意識したせいだ。

本能的にルイを誘惑《ゆうわく》し、惹《ひ》きつけようとしてしまう。ルイに自分の魔力は効かないと頭では
わかっていても、体は彼を欲情させて精液を貪《むさぼ》ろうとしていた。

「紲、なんか凄いフェロモン出してない？　甘い蜜っぽい匂いがする……効かないけど」

指摘され、ますます情けなくなる。浅ましい体を今すぐ消してしまいたかった。

だから嫌なのだ、絶対に会いたくなかった。自分を凌辱したルイにも、こうなる自分にも、
二度と会いたくなかった――。

「――……俺は、出ていく……っ、今すぐに……」

「……は？　なんで？　出ていくってどこにだよ」

「わからない……どこでもいい……お前にも言いたくない。海外に……っ」

頭が混乱して行き先など決まらない。消えたいくらい自分が嫌なのに、具体的にどうやってどこに行こうか考える余裕はなく、頭の中で「財布、パスポート、香水」と、忘れてはならない物の名称を並べていく。

とにかく逃げなければならなかった。「次に会ったら殺す」と言われていることを蒼真は知らないからルイを呼んだのだろうが、自分達の間にある感情は蒼真が考えているより複雑だ。

ルイに会って何をされるかということよりも、とにかく会いたくない。

あの匂いを嗅いだら、自分は必ずおかしくなってしまう。

妄想《もうそう》の中で香りを復元しているくらいが幸せだった――。

「紲っ、ちょっと落ち着けって。そんなフェロモン大放出して外に出たら、どんな目に遭うか自分が一番わかってるだろ？　だいたい独りで海外なんて無茶だ。俺と離れてどうすんだよ」

紲は寝室の扉を開けて廊下に飛びだしたが、蒼真が後ろから追ってくる。

背の高い彼は脚も長く、紲が走っても早歩き程度でぴたりと横につけてきた。

「そんな状態で結界の外に出るべきじゃない。タクシーに乗ったら間違いなく運転手にどっか連れ込まれるし、新幹線も飛行機も危険だ。下手したら事故が起きて大騒ぎになるぞ。レイプだけじゃ済まない。目立てば教会に抹殺《まっさつ》され……って、そうなれば粛清《しゅくせい》係は俺なんだぞっ」

「そんなことわかってる！　精液を飲んだばかりなんだ、その気になれば抑えられる。今からシャワーを浴びるから大丈夫だ。余計なことしておいて、いまさら心配するなっ」

「なんだってそんなにルイを避けるんだよ。泣くほど好きだった恋人だろ？」

「――……っ、とっくの昔に別れた。お前は何十年前の話をしてるんだ⁉」

廊下の突き当たりにある扉を開け、紲は硝子張りの渡り廊下に出る。

森の中を歩くような見晴らしのよい廊下を抜けると、その先には私室と研究室があり、調香のための創作室と調香室、バスルーム、香料保管室が続いていた。

「あれから四十年くらいだっけ？　もういいじゃん、十分罰《ばっ》しただろ？　許してやれよ」

「六十五年だ！　それだけ長い間一度も会わなかった理由を少しは考えろ。会いたくないから会わなかったんだ。なんだって俺に黙って勝手に呼んだりなんかっ」

紲は森を見渡せる創作室を突っ切って、奥の調香室に飛び込む。オルガンともパレットとも呼ばれる専用机には、正《まさ》にオルガン状に段々に並べられた無数の香料が置かれていた。

部屋はそれなりに広かったが香料の匂いが漂っており、紲はその空気を切るように走って机の抽斗《ひきだし》を開ける。パスポートと、自分にとって肝心《かんじん》な物――性欲を抑えるスイートマジョラムをベースにした、自作の香水を取りだした。まずはシャワーを浴びて心を落ち着け、これと同じシリーズのローションで肌を整えてから香水を着ければ、独りでも外に出られる。ルイに会うという状況を想像しないようにして、一刻も早く国外に逃げだしたかった。

「時間を置いて冷静になったと思ったのに、なんでそんなにしつこく怒り続けてられるんだ？

元々が甘い関係なんだし、その気になればすぐ仲直りできるだろ？」

「甘くなんかないっ」

「甘かっただろ、十分。完全に二人の世界だったし、特にルイは紲にメロメロだった。寿命の長い貴族にとっても、六十五年は結構長いぜ」

「時間の問題じゃない。別れたものは別れたんだっ、もう二度と会わないことになってる！」

「そう言わないでさ……俺達貴族は、なんていうか……精神的な成長がわりとのんびりなわけ。それをわかってやって欲しいんだよね。三百歳過ぎてアイツもいくらか落ち着いたはずだし、紲の気持ち次第でまた付き合えると思う。とりあえず会ってみろよ」

バスルームの扉を開けても、蒼真は相変わらずの距離を取って追いかけてくる。

扉を閉めるのを阻止《そし》されたので諦めた紲は、寝間着と下着を脱いで籠《かご》に放り込んだ。

黙々とシャワーを浴び、自分で作った石鹸《せっけん》を泡立《あわだ》てる。

洗ったそばから再び匂いが出ては意味がないので、あえて仕事のことを考えるよう努めた。

蒼真がさらに何か言っていたが、徹底的《てっていてき》に無視して髪まで洗う。

貴族悪魔と使役悪魔では寿命が十倍違うため、時間の感じかたに差があるのはわかっているが、自分にとっての六十五年は長い。長いのに、何も変わっていないから会いたくないのだ。

普通の人間同士が、老いらくの身で若かりし頃の恋と過《あやま》ちを懐《なつ》かしむというならまだいい。

しかし自分達は違う……お互いに若い身のままでは何が起きるかわからないし、心は今でもルイの存在や香りに囚われている。呆《あき》れるほど空白がない、現在進行形の問題だった。

「俺だって好きでルイを呼んだわけじゃないんだぜ……サプライズパーティーをやろうなんて思ってないしな。でも俺には深刻《しんこく》な事情があった。アイツを呼び寄せるしかなかったんだ」

ルイの名を聞くことすら避けたい紲だったが、蒼真の言葉に振り返る。

硝子製の扉の枠《わく》に寄りかかっている彼は、腕を組みながら不満げに唇を尖らせた。

「使役悪魔の寿命は人間の限界と変わらないだろ？　老いないとはいっても、寿命自体は百二、三十年ってとこだ。紲は今日で百歳だから、早ければあと二十年くらいで死ぬ」

「……それがどうかしたか？　自分が悪魔だって知った時から寿命はわかってる。あと二十年近くも生きられるなら特に不満はない。元々は人間として生きてたんだから贅沢《ぜいたく》な話だ」

自分の正体を知らなかった頃は、早く死んで生き地獄《じごく》を終わらせたかったくらいで……今でこそそんなことを思ってはいないが、特別長生きしたいとも思わない。だいたい寿命とルイがどう関係あるのかわからなかった。

「二十年近く『も』じゃない。たったそれだけしか生きられないんだ。十倍生きる俺の感覚を紲の時間に置き換えるなら、二年くらいなんだぜ」

これまで思いもしなかったことに、紲は裸《はだか》のまま立ち尽くす。思わず「二年……」と呟《つぶや》いてしまった。寿命が十倍だからといって時間の感覚がそこまで違うとは考えにくいが、確かに、自分が思うよりも蒼真には短く感じるものなのだろう。

「そう、たったの二年や三年。逆に考えてみればわかるだろ？　俺があと二、三年の命だってわかったら、何かしたいと思わない？」

俺はそんなこと思わない――そう言って突き放したいところだったが、さすがに寿命の話で尖ったことは言いづらい。結局、「……思う、かもしれない」と、ストレートに口にした。

「俺は……豹族は、本来は人間の血肉を必要とする獰猛《どうもう》な悪魔だけど、代用食を摂《と》っていれば人を襲わなくても生きていける。獣肉《じゅうにく》をたっぷり食べて、あとは人間の淫液《いんえき》と、血液少々でなんとか食欲を抑えられるからだ。他の種族もだいたいそうだけど、吸血鬼は違うんだよな……奴らに代用食ってもんは存在しなくて、人間の温かい生き血を摂取しないと生きていけない。特に貴族は毎日多くの血を必要とする。保存血液すら受けつけない厄介《やっかい》な種族というかグルメというか……それを上等だと考えてる勘違《かんちが》い野郎が多いのが吸血鬼なんだけど、実際、特異な能力を待ってて、それによって不便さをカバーしてる」

シャワーを止めてバスローブを手にした紲は、真っ直ぐに向かってくる視線を前に息を呑《の》む。

蒼真自身は身分にこだわる性格ではないものの、魔族は誰しも純血種の女王が統《す》べる教会の掟《おきて》に縛《しば》られている。蜂にたとえるなら使役悪魔は働き蜂であり、寿命も短く生殖能力も持たない。各巣の女王蜂に相当する貴族達の事情に関しては、聞かされていないことも多かった。

「――吸血鬼は血液を安定補給するために、気に入った人間を一人だけ不老不死《ふろうふし》にすることができるんだ。そういう人間を教会ではヴァンピールと呼んでる」

「不老不死……まさか、そんな……」

「不死とはいっても主が死んだら死ぬけど、ルイはまだ三百ちょいの若い吸血鬼だからな――紲がルイのヴァンピールになった場合、俺が死ぬ頃まで生きられる体になるってわけ」

「……っ、どういう……ことだ？　だいたい、俺は悪魔だぞっ」

「混血悪魔は半分人間だから、ヴァンピールにもなれるんだよ。悪魔としては死んで、人間の部分だけで生き長らえる感じだな。あくまでも人間なんで魔力は使えないし、五感も人間並になるけど、造血能力には優れてる。とにかく死ぬよりましだろ？」

思いもよらない提案……どころかすでに強引に進められている話に、紲は肌が粟立《あわだ》つほどの抵抗を感じる。ルイのヴァンピールとして彼と常に一緒に居ることを想像するとまた匂い立ちそうで、バスローブごと体を抱いた。魔力の放出を抑え込み、しばし息を殺す。

「――それって……つまり……俺に、人間レベルの嗅覚《きゅうかく》しか持たない体になって、そのうえでルイの餌《えさ》として、あと千年近く生きろってことか？」

「まあそうだな……でも心配要らないぜ。中にはヴァンピールを地下牢《ちかろう》に繋いで本当に餌扱いする残忍な吸血鬼もいるらしいけど、アイツがそんなことしないのはわかってるだろ？　ルイは元々、紲の寿命が残りわずかになったらヴァンピールにするつもりだったんだ」

「そういう問題じゃない……っ、そんなこといまさら知らない！　ルイとは終わったんだ！」

「終わったと思ってるのは紲だけだろ？　いずれにしてもヴァンピールにはなったほうがいい。

どうしてもルイと居るのが嫌なら、俺がなんとか……できるかわからないけど説得してみる」

「嫌だ……っ、そんな……不自然な延命なんてする気はない！」

珍しく深刻に言われても受け入れる気にはなれず、紲は蒼真の横をすり抜ける。

バスルームを飛びだして、必要最低限の物を持って出ることだけを考えた。

行き先は香水の聖地グラースでいい。以前住んでいたから勝手もわかる。

香りのイメージを摑むために渡航することはたまにあり、愛用のスーツケースには一通りの物が入っていた。とにかく今は、ルイからも蒼真からも逃げだしたい。

「本気で出ていくのか？　ルイが日本に向かってきてる感じがするのに。アイツ怒るぞ」

「……っ、俺だって怒ってる。だいたいルイが怒ってるのは元々だ。延命どころか俺を殺しに来るのかもしれない。長生きしたいとは思わないけど今は死にたくないし、俺は逃げるっ」

「はぁ？　なんでルイが紲を殺すんだよ、短い間とはいえ恋人だったのに。昔と変わらず紲にベタ惚《ぼ》れっぽかったぜ、俺に敵意剝きだしだったし」

「お前に敵意があるからって俺のことを好きとは限らないだろ！　殺されるならまだましで、ヴァンピールにして地下牢に一生繋ぐつもりかもしれないっ」

クローゼットから出したスーツケースに衣類を突っ込んだ紲は、バスローブを脱いで、濡れ髪も気にせずにトップスを首から通す。

蒼真がルイと会った時に、どういう印象を持ったのかは関係ない。

蒼真もルイと喧嘩《けんか》別れしているため、蒼真に対する態度によって自分への感情が推し量れるというものではないからだ。

ルイと別れる際、紲は憎まれて嫌われて終わることを望んだ。誰も幸せにできず不幸を撒《ま》き散らしてきた自分にとって、それは切実な願いだった。だから、何も変わらなくていい。今のまま別々の人生を歩まなくてはいけない——殺されたくもなければ、愛されたくもなかった。


何か思うところがあったのか、その気になれば容易《ようい》に止められる蒼真は、見ているばかりで手を出してはこなかった。紲は彼に生活上の注意を何点か伝えながら簡単な荷造りをして家を飛びだし、新幹線で上野に向かう。

そこからスカイライナーに乗り換え、成田空港に到着したのは午前十一時だった。

移動中に携帯を使い、フランス行きの航空券を手配しておいた。贅沢は好まないが、周囲の人間への影響を考慮《こうりょ》して、ファーストクラスを押さえてある。

ホーネットと呼ばれる宗教会に強制的に従属させられているため、パスポートの取得に困るようなことはなかった。手にしているのは日本国籍の二十三歳男性の物——氏名や生年月日は偽《いつわ》りだが、偽造ではなく元の戸籍からして本物として作られているので、何も心配要らない。

蒼真が居ないこと以外はいつも通りで、あとは搭乗手続きを済ませて出国するだけだ——。

「――……っ！」

異変が起きたのは、搭乗手続きのために並んでいる最中だった。

エスカレーターでチェックインカウンターのある三階に上がり、人の少ないファーストクラス専用カウンターで順番を待っていた紬は、髪を乱す勢いで振り返る。

人の多い場所では最低レベルまで感度を下げている嗅覚が、ある匂いに反応していた。

一瞬どこからかわからないと思ったが、すぐにわかる――下からだった。

おそらく二階か一階から、唯一無二の香気が上がってきている。

――……っ、このローズ・ドゥ・メ……。

朝摘みのオールド・ローズから抽出《ちゅうしゅつ》した、最上の薔薇《ばら》の香り……けれど、それに近いというだけで実際にはまったく違う。地上には存在しない香気だった。

体臭は普通、体温が高まることでより強く立ち上るが、この香りは別の広がりかたをする。冷ややかな雪色の皮膚から、冷気に乗って漂うような……そんなイメージだった。温かみのない冷温の薔薇……それなのにシナプスに達して、心や体を燃えるように熱くさせる。決して忘れられない恋の香り……ルイのものだ。

――近くに居る……！

「っ、ぁ！」

動揺すると同時に、紬は前に立っていた中年夫婦の視線に気づく。

カウンターの向こうの係員達も、身を乗りだしてこちらを見ていた。

他のカウンターからも視線を向けられており、離れたソファーに座る人々も様子がおかしい。

最早《もはや》、平然としているのは幼児だけになっていた。

ルイの匂いを嗅いだことで、魔力が性フェロモンとして漏《も》れだしてしまっている。

気休め程度に塗《ぬ》りたくったスイートマジョラムの香りは、無いも同然になっていた。

——……まずい、俺の匂いが……！

立ち込めるのはホワイトフローラルブーケと林檎《りんご》の香り——紲の体臭《たいしゅう》も地上の物質ではなく、人間の鼻には無臭に感じられるものだったが、たとえるならそれが一番近かった。

清廉《せいれん》な白い花々と、真っ赤に色づいて艶《つや》めく林檎。黄金色《こがねいろ》の透《す》き通る蜜を孕《はら》む甘い香りに、人間を堕落《だらく》させる淫毒《いんどく》が潜《ひそ》んでいる。

「……っ、あの……貴方《あなた》は……？」

搭乗手続きを終えた夫婦の、夫のほうに腕を掴まれた。

彼自身戸惑《とまど》っているようで、理性を完全に失っているわけではなかったが、突然体に触れてきたというだけでも、自分が出しているフェロモンの強さがわかる。

最近ではここまで匂わせることはなかったので、久々に震えが走った。淫猥《いんわい》な視線が怖い、強まっていく手指の感触がおぞましい——衆人環視の中だからといって安心はできないのだ。

悪魔として覚醒《かくせい》する前は、公共の場で輪姦《りんかん》されたこともある。誰も助けてはくれなかった。

「やめろっ、手を放せ！」

腕を掴まれているだけで忌々《いまいま》しい記憶が蘇り、力いっぱい男の手を振り払う。

夫が見知らぬ男の腕を掴んで迫ったというのに、妻は不思議がるどころか顔を赤らめて紲を見ていた。手は出さないまでも明らかに目つきがおかしく、呼吸も荒《あら》くなっている。

――駄目だ……逃げなきゃ……ルイからも、人間からも逃げないと……！

紲は無我夢中で走りだす。一刻も早くここを離れ、人の居ない所に行くしかないと思った。

蒼真と番になってから、定期的な食餌によって欲求を抑えられるようになり、人間を過剰《かじょう》に惑わすことはなくなっていたのに――まさかこんな状況に陥るとは思わなかった。

とにかくルイの香りがいけない。

妄想でも夢でもなく、現実に鼻腔《びこう》を擽《くすぐ》る香りのせいで、魔力が暴走してしまっている。

「止まれっ、そこを動くな！」

スーツケースを手に、三階からバスの降車場のある屋外へと飛びだした時だった。

背後から英語で呼び止められる。ルイの声ではない。もっと高めで若年の男の声だった。

「……う、ぁっ⁉」

振り返るより先に駆け寄られ、二人の男に両肘《りょうひじ》を掴まれる。

冬風が正面から吹いていて風上《かざかみ》に居るため、彼らの匂いはほとんどわからなかった。

今はルイの匂いも感じられない。後にした建物の中に、自分の匂いが流れ込んでいることと、多くの視線を背中に受けていることだけはわかる。

背後の自動ドアは閉まる気配がなく、匂いに惹きつけられた人間が追ってきていた。

停まったバスから降りてきた人々も、こちらを見ている。

「やめろっ、俺に触るな！」

黒いロングコートを着込んだ外国人に拘束《こうそく》された紲は、遂《つい》に後ろを顧《かえり》みる。

そうすると冷たい風が後頭部に当たり、髪が一方向に流れた。

陽は出ているが冷え込んでいて、息が白くなっている。

ところが自分を捕《と》らえる男達の息には、変化がまるでなかった。革《かわ》の手袋越しに触れられていたが、それでもなんとなく感じられる——体温が、ありえないほど低い。

「——っ……ぁ！」

次の瞬間、紲は風下《かざしも》に立つ長身の男に目を奪《うば》われた。

閉じる暇《ひま》のない自動ドアからは多くの人間が出てきていたが、彼は黒服の四人の男に囲まれ、誰に阻《はば》まれることもなく悠々《ゆうゆう》と歩いてくる。人間達が鼻息を荒くして白い息を吐く中で、彼と彼を囲む男達は、やはり無色の息を吐いていた。

「……ッ、ルイ……」

「久しぶりだな、紲——相変わらず赤眼に似合わん力だ、少しは抑えろ」

吸血鬼ルイ・エミリアン・ド・スーラは流暢《りゅうちょう》な日本語で語り、右手を軽く上げた。

紲を捕らえていた二人の男達が、直《ただ》ちに拘束の手を緩《ゆる》める。

靴《くつ》を履《は》いた状態で一九〇センチ近い長身のルイは、ロシアンセーブルのたっぷりとした黒いコートを着ており、濃いサングラスをかけて革手袋を嵌《は》めていた。

男にしては色づいた唇、絹《きぬ》と真珠《しんじゅ》を練《ね》ったかの如き白い肌。歩く彫刻《ちょうこく》と言っても過言《かごん》ではないほど端整な容貌《ようぼう》とスタイル。そして地の底から響くような美声——時代が変わっても服装が変わっても、彼自身は昔のままだった。

「——どうして……っ」

どうしてここに居るのか、訊《き》くまでもないのに口が動く。まともな言葉が出てこなかった。

風下に立たれていても、近づかれれば嗅覚が反応する。

やはり記憶のまま……脳内が、真紅の薔薇で埋《う》め尽くされるような香りがした。

「お前が私を呼んだのに、何故《なぜ》そのように意外な顔をして逃げるのだ？　出迎えに来たのではないのか？」

「……え？」

「私を誘い込みたくて仕方がないのはわかるが、今は匂いを消せ。人間共が狂《くる》いだす」

サングラスを取りながら語ったルイの前で、紲は開いた口を塞《ふさ》げずに目を瞠《みは》る。

紺碧の瞳はラピスラズリを彷彿《ほうふつ》とさせ、虹彩《こうさい》に金が混じっているところまで似ていた。

蒼真と同じ色なのに、何故か目を奪われる。心を摑まれてしまい、「お前を誘い込む気なんてないし、呼んだのは俺じゃない！」と否定したくても、一言も喋《しゃべ》れなかった。

「このまま変容して気持ちを集中させろ。やりかたは教えたはずだ」

ルイの手でサングラスをかけられ、耳元に囁《ささや》かれる。冷たい吐息《といき》に全身が過剰反応した。

周囲はすでに騒ぎになっており、今は彼の言葉通り、本気で力を抑えなければならない。

ルイの眷属《けんぞく》と思われる六人の男達に包囲されてはいるが、その後ろには興奮を抑え切れない様子の人間達が大勢集まっていた。襲いかかっては来ないが、誰か一人でも理性を飛ばしたら連なる者は出てくるだろう。駆けつけた警備員さえ、仕事を忘れそうな顔をしていた。

紲はサングラス越しに騒ぎを目にし、おもむろに瞼を閉じた。集中して変容する。

瞳の色を血のような赤に変え──魔力を抑えることだけを考えた。

「……ぅ、うっ⁉」

目を開けたにもかかわらず、視界がレンズの効果以上に暗いと感じた瞬間、唇を塞がれる。

冷たくても潤《うるお》いと弾力《だんりょく》のある、情熱的な唇……以前と同じ感触だった。

舌を捩《ね》じ込まれたかと思うと、冷水のような唾液《だえき》を注《そそ》がれる。

ひやりとしたが、それでも確かに人間の味だった──。

「──っ、ぅ……！」

淫魔は人間の性分泌液を必需としているが、唾液や血液からもそれなりの力を得られる。

魔力は高まれば高まるほど安定し、制御しやすくなるものだった。性フェロモンの放出量が、自分でもわかるほど減っていく。ルイの唾液を得たことで、体が満ちていくのを感じられた。

「……はっ、ぅ……ふ……っ」

舌が勝手に応じてしまう。人間の体液が……ルイの唾液がもっと欲しかった。

本当は濃厚な精液を求めている体が疼《うず》き、その代わりのように舌がうねりだす。

ルイの舌の表面から一滴《いってき》でも多くの唾液を吸い上げたくて、チュプチュプと食いついた。

人の視線など意識してはいられなくなる。

見られているということは頭の片隅《かたすみ》にあるのに、ルイの背に利き手を回していた。

ロシアンセーブルの滑らかな毛皮が心地《ここち》好く、そのまま強く縋《すが》りついてしまう。

「――……っ、ぅ、は……っ」

こくんと喉《のど》を鳴らした時には、ズボンの中の欲望が張り詰める。

後孔の奥が精液を求めだし、うずうずと蠕動《ぜんどう》しだしていた。

その証拠《しょうこ》に、コートで隠れている尾が震えている。

――ルイの舌が……俺の温度に……。

潰し合う唇も、絡めた舌も、今は同じ温度になっていた。

吸血鬼は冷血（変温）動物で、外気温や触れた物の温度と同化する。

向かい風に当たっていた最初のうちは冷たく、今は紲と同じになっていた。彼自身に寒いという感覚はないのだが、紲は自分が触れれば温かくなっていくルイの体が好きで、冷たい彼をいつも温めたいと思っていた。今も、こうして一体化していくことに感慨《かんがい》を覚えてしまう。

「――……だいぶ落ち着いたようだな、行くぞ」

気づいた時には、周囲の人だかりが減っていた。

風の強い屋外なのが幸いして、紲の匂いはすっかり散っている。

男同士の熱烈なキスシーンに注目している人間が残ってはいるものの、欲情して理性を失いそうな人間は、もういなかった。


ルイの匂いが付着したサングラスをかけたまま、紲はリムジンのシートの上で居竦《いすく》まる。日本人にしては顔が小さいので、西洋人のルイの物でもさすがにサイズが合わず、いくらかずり落ちてしまった。

外してしまいたかったし、人目がないのだから返すべきだとも思ったが、それでも外さずにいる。目を直接見られたら狼狽《うろた》えそうで、なかなか外せなかった。

「スーツケースを持っていたということは、出迎えではないな――独りで出歩くような危険な真似《まね》までして、どこへ行くつもりだった？　人を呼びつけておいて逃げる気だったのか？」

「呼びつけてなんか、いない。お前を呼んだのは蒼真だ」

状況的に抵抗できず、ルイが用意していたリムジンに乗るしかなかったが、紲はできるだけ距離を取って座っていた。

　ルイは後方のシート、自分は車体に沿ったロングシートの前側。顔のすぐ右横には仕切りがあって、その向こうに眷属の運転手が一人居る。他の五人は別の車に乗っていた。

「私は蒼真に呼ばれた覚えはない。奴に呼びつけられて来ると思うか？」

「……けど、本当に蒼真なんだ。だいたい……どうして俺を殺さないんだ？　次に会ったら、殺すって言ってた……」

　紲は喋るとまたずり落ちるサングラスを押さえ、色は濃くとも明瞭《めいりょう》な視界の中で彼の感情を読み取ろうとする。けれど顔を直視することはできず、視覚以外に頼らざるを得なかった。

　成田から軽井沢に向かって走る車内は、しんとしている。ルイはなかなか答えない。

　その反面、彼の体は匂いを使って雄弁《ゆうべん》に語りだす。

　――薔薇の香りが、高まってる……。

　悪魔に変容している紲の嗅覚は、人間の時以上に冴《さ》えていた。

　ルイが発する匂いの変化を緻密《ちみつ》に感じ取り、それに呼応して自分も匂いで応《こた》えてしまう。

　今は昼だったが、まるで早朝のオールド・ローズの楽園に白い花を散らし、新鮮な蜜林檎を砕《くだ》いたようなイメージが湧《わ》いた。

　半分人間でも、人の姿をしていても、悪魔は皆、動物に近い反応をするようにできている。

　意思とは無関係に、惹きつけたい相手が近づくと体臭を高め、自己主張してしまうのだ。

理性でどれだけ抑えようとしても、生理的な反応を完全に制御するのは不可能だった。

――何も変わってない……俺もルイも……昔のままだ……。

自分達は人間とは違うのだと、嗅覚を通じて思い知らされる。

口で何を言っても意味がなく、どんな嘘《うそ》も通用しない。本能はあまりにも正直だ――。

「そうだな……次に会ったら殺す約束になっていた。だが人前では殺せない。軽井沢の屋敷は敷地が広く、豹の姿で走り回れるほどだと聞いている。そこに着いてから、お前を嬲《なぶ》り殺して私の血肉に変えてやろう」

紲はルイの言葉を聞きながらも、少しも恐怖を感じなかった。

調香師として長年訓練を積んだ紲の嗅覚は、他の追随《ついずい》を許さない。

紲がルイの体臭変化に気づけるからといって、ルイ自身がそれに気づくことはできないのだ。だから彼は、未《いま》だに知らない――紲を前にすると、蕾《つぼみ》だった薔薇を一斉《いっせい》に開花させるように匂い立たせてしまっていることを、今も昔も知らない。

――殺す気なんてない……あの時は殺気が凄かったけど、今は違う。本気じゃない……。

紲はルイが自分を殺しにきたわけではないことを確信し、いくらか安堵《あんど》する。

自分の正体を知らなかった頃、死は逃避《とうひ》だった。凌辱される日々よりは楽だと思えたからだ。しかし今は違う。寿命が来る前に無理やり命を絶たれたくはないし、殺されるのは嫌だとも怖いとも思う。悪魔であっても男であっても、その気持ちは変わらない。

「――冗談だ。随分《ずいぶん》と時間はかかったが、反省と謝罪に免じて過去のことは水に流してやる」

怯えているようにでも見えたのか、ルイはわざわざ否定した。

そしてスーツの胸元を探り、そこから封筒を取りだす。比較的小さな物だったが、きちんと封蝋《ふうろう》が施《ほどこ》されていた。紋章は王冠を戴く大雀蜂と十字架――教会の貴族悪魔が使う印璽《いんじ》だ。

「反省と、謝罪？」

蒼真はいったい何を書いたのか、紲はそれが知りたくて腰の位置を変えた。

最後部に座っているルイに少しだけ近づいて、差しだされた封筒に手を伸ばす。

いっそのこと離れたまま尾を絡めて取りたいくらいだったが、我慢して左手で受け取った。

「血の匂い……俺の血だ」

封筒を開くまでもなく、そう感じられる。

開いて中身を取りだせば覿面《てきめん》で、常人には感じられない微かな匂いが、今の紲にはむせ返るように強く感じられた。何故この招待状から自分の血の匂いがするのか、考えてもわからないままカードを開く。

「――っ!?」

蒼真がルイに出したのなら英語かフランス語だと思ったのに、書かれていたのは日本語――それも自分の字にそっくりだった。一瞬、我が身を疑いそうになる。

『親愛なるルイ・エミリアン・ド・スーラ様　ご無沙汰《ぶさた》しています、紲です。お元気ですか？

人生の後半に差しかかり、昔の事を思いだしては深く反省しています。貴方に謝りたいのです。百歳の誕生日に会いにきてください。蒼真と一緒に待っています。紲』

署名《しょめい》の横にはシーリングスタンプのように血を垂《た》らしてあり、赤茶色に変色していた。

自分が夢遊病患者か二重人格者で、知らずに書いたのかと思うほど似た字だったが――よく目を凝《こ》らせば違和感のある文字も見られる。それにルイの嗅覚ではわからないほど微かに、蒼真の匂いが点々とついていた。逆に自分の匂いは、血液の部分に集約されている。

「残りの人生がわずかになって急に怖気《おじけ》づいたか？　大方《おおかた》延命が目当てなのだろうが、素直になるのは悪いことではない」

「……っ、違う！　これは俺が書いた物じゃない！　蒼真が勝手に書いたんだっ」

総毛立《そうけだ》つような不快感《ふかいかん》と怒りに晒され、紲は招待状を握り潰す。

いくらなんでもこれは酷《ひど》い、あまりにも酷過ぎる。

番に長生きして欲しいからといって、やっていいことと悪いことがあるだろう――ルイとの諍《いさか》いは自分にも原因があるが、拘束して凌辱した挙げ句、過剰に吸血したのはルイだ。蒼真の一存で自分から謝ったことにされるなんて冗談じゃない。

「――どういうことだ？　それは間違いなくお前の血だぞ、筆跡《ひっせき》もな」

「それはそうだけど書いたのは俺じゃない！　蒼真には週に一度は血を与えてるし、吸血鬼のお前が間違いなく嗅ぎ分けることをわかってて、信憑性《しんぴょうせい》を持たせるために一滴垂らしたんだ」

「蒼真が書いたというのか？」

「その通りだ！　アイツ……普段は皿一枚洗わないのに、よくもこんな器用な真似を……っ」

蒼真がこんなことをするのは、それだけ必死だからだ——それはわからなくもない。けれど屈辱的《くつじょくてき》な憤《いきどお》りが治まらない。心を踏《ふ》み躙《にじ》られたような怒りに、頬の肉まで戦慄いた。

「つまり、お前は反省もしていないし、謝罪する気もないということだな」

「……っ！」

肌がびりっと、電気に触れた時の反応を見せる。放電で生まれる紫の火花を見た気がした。オゾン臭と共に、皮膚が焦《こ》げた臭《にお》いを錯覚《さっかく》するほど視線が痛い。

「ない……俺の気持ちは、あの時と変わってない」

紲は自分が怯えてしまったことに気づいたが、その悔しさ故《ゆえ》に余計、目を隠して逃げていることが嫌になる。サングラスを取り車体中央のテーブルに置いて、ルイのほうへと滑らせた。

「言葉が足りなかったとは思ってる。でも反省も後悔《こうかい》もしてないし、謝る気もない」

「——お前は蒼真の番として守られるべき存在ではあるが、他の貴族悪魔を愚弄《ぐろう》して怒らせた場合、粛清されても文句は言えない。そういう立場だとわかって言っているのか？」

睨まれながら問われて睨み返すと、殺気染みた鋭利《えいり》な空気が張り詰める。

それでも薔薇の香りは消えない。残り香だけではなく、新たな香りが出続けている。

だからなんとなくわかった。確信はなかったが、やはりルイは自分を殺す気がない——。

「そうだな、お前は高貴な貴族悪魔で、俺はこの通り真っ赤な眼の下級淫魔だ。ホーネットの掟《おきて》通り、貴族の気分次第でいつ殺されても文句は言えないんだろうな……納得いかないけど」

「納得がいかないと思うなら、そのような言いかたをするな。確かに使役悪魔は捨て駒《ごま》だが、私はお前を下級だと思ったことはない。一度たりともな」

「……っ！」

「今ここで私に見逃されたところで、お前は近々死ぬ。私の番になって、ヴァンピールとして千年生きる道を選んではどうだ？　反省だの謝罪だの、実のところそのようなことはどうでもよいのだ。招待状が偽造された物でも別に構わん。強い魔力を持つ者は他にいくらでもいるが、微笑《ほほえ》みと言葉一つで私をどうにでもできる魅力《みりょく》を持った者は、お前しかいないのだからな」

「ルイ……」

突然しっとりと濡れたように響く声で告げられ、心臓が破裂しそうになる。

高速を走る車内は静か過ぎて、ドクドクと湧き立つ血の音が聞こえてきた。

ルイの耳に届いてしまうのが怖い。早く声を出して、心音を隠さないと――。

「――……っ、断る。蒼真は俺を……そのヴァンピールとやらにしたいみたいだけど、俺にはそんな気はないんだ。人間レベルの嗅覚になったら困るしっ、一度死んで不自然な延命で生き続けるなんて冗談じゃない。俺は古い時代の日本人だから、散《ち》り際《ぎわ》を大事にする。淫魔だってことも長年かけてちゃんと受け入れたし、最後まで自分らしく生きて潔《いさぎよ》く死にたいんだっ」

語尾が荒《あ》れて、自分が何を話しているのかよくわからなくなる。

ヴァンピールにはなりたくないが、もっと冷静に丁寧《ていねい》に辞退《じたい》すべきだと思ってはいた。

ルイが今でも自分に好意を寄せていることは予《あらかじ》め匂いでわかっていたのだから、告白めいたことを言われたからといって、こんなに動揺しなくてもいい気がするのに——見つめられながら言葉で気持ちを伝えられると、どうしても心揺らされてしまう。

「とにかく、ヴァンピールにはならない……断る」

「紲、そんなに離れていないでここに来い。『私の隣に座れ』——」

「！」

特に怒るでもなく命じられ、紲は全身で反応する。

耳で聞いている分には静かだったが、体が強い魔力を感じていた。

ほんの数秒目を離した隙に、ルイの瞳が紺碧から紫へと変わっている。

そして自分の体は、リムジンのロングシートを滑るように移動していた。腰が勝手にシートから浮き上がり、ルイの隣に座ってしまう。

「いい子だ。次は……『指輪を外し、私の目に触れないようにしろ』——」

さらなる命令を受け、紲は左手の中指から指輪を抜き取った。

蒼真の血がルビーになって嵌っているそれを、ズボンのポケットに入れる。

抗《あらが》いようがなかった。これが貴族の絶対権力であり、威令《いれい》と呼ばれているものだ。

悪魔の姿に変容した貴族から魔力を籠《こ》めた威令を受けると、使役悪魔は逆らえない。意思までは奪われないが、体はマリオネットのように動かされてしまう。

「そう、それでいい……『何をされても大人しくしていろ』——」

次々と威令を耳に注がれながら、カーディガンを脱がされた。

肩を抱かれても撫でられても、顔を背《そむ》けることすらできない。

もう片方の手で髪を梳《す》かれて、匂いを嗅がれた。挙げ句に耳朶《みみたぶ》にキスをされる。

酷く冷たくはないが、やはり人間離れした低温の唇で肉を挟《はさ》まれ、ぺろりと舐められた。

「っ、ぅ……や、め……っ」

「調香師を続けているそうだな。首筋からスイートマジョラムやメリッサの香りがする。だが私には感じられるぞ……白い花と林檎によく似た匂いが、内側から滲《にじ》みでている。お前の力は私には効かないが、願望は伝わってくる——私に抱かれたいのだろう？」

「……っ、違う！」

耳から首筋へ、そしてうなじへと移動していく唇の温度は、熱で雪が溶けるように変化する。

細の肌に柔らかく当たりながら、体温を移し取っていった。ハイネックのインナーを指先で捲《めく》り下ろされ、頸椎《けいつい》の上にキスをされた時にはもう、自分と同じくらいの温度に感じられる。

「今はどういう暮らしをしている？　仕事は楽しいか？」

唇が温まっても吐息はまだ冷たく、襟足《えりあし》がひやりとした。

体を意図的に動かすことはできなかったが、脊髄反射《せきずいはんしゃ》で肩が上がり、背中は丸まる。

「――……ここ数年は軽井沢の別荘地で……八十代の日本人調香師として、仕事を続けてる。グラースにある会社と契約して、研究費をもらって年間いくつかのブランド香水を……あと、それとは別の若手調香師として、ニッチ系の香水も作ってる。海外に行って香料を仕入れたり、イメージを摑むためにスケッチに行ったりもする。いつも、蒼真と一緒に……」

「『奴の名を口にするな』――」

「……っ、ぅ、ぐ……！」

耳元で命じられ、喉が詰まる現象が起きた。

舌に麻酔注射《ますいちゅうしゃ》をずぶりと打たれる感覚で、息が苦しい。

貴族に操《あやつ》られることに慣れていない紲には、精神的な消耗《しょうもう》も激しかった。

「……わかったから、命じるの……っ、やめてくれ」

「何も好き好んで命じているわけではない。私にとっても不本意なことだ」

それがルイの本心なのかどうか、疑わしい笑みを浮かべたのがわかる。

頸動脈《けいどうみゃく》の上で、口角が確かに持ち上がっていた。同時にインナーを捲り上げられ、腰や臍《へそ》に直接触れられる。まだ冷たい手を胸まで滑らせてから、右の突起を摘《つ》まれた。

「……ぅ、ぁ……やめ……触るなっ」

「何故触ってはいけないのだ？　お前は素直になれないだけで、私に触られたいはずだ」

「そんなこと……っ、ない。やめろ、俺はもう……お前とこういうことはしたくないっ」

抵抗しようにも、体は固まったように動かない。生体反応を起こすだけだった。

他の貴族の番には手を出してはならないことを知りながら、ルイは紲に触れ、脈打つ首筋にキスの雨を降らせる。遠慮《えんりょ》など少しもなかった。

「あっ、ぁ……っ」

熟《う》れた実を収穫する手つきで、乳嘴を摘まれる。そのまま親指と人差し指で捏《こ》ねられた。

何度も繰り返されるうちに紲の息は熱くなり、脚の間がずくずくと疼きだす。

性器も昂ってはいたが、後孔のほうがより強く疼いて火照っていた。淫魔は男女どちらの淫液でも力を得られるが、男と接触すれば当然、すべての粘膜《ねんまく》が精液を求めだす。

後孔が疼いて濡れるという感覚を知ったのは、ルイと出会って覚醒《かくせい》してからだった。

それまでは男に凌辱されても後ろが濡れるようなことはなく、裂傷《れっしょう》を負って出血する普通の体だったのに、淫液をより効率よく吸い上げられる体になった。今のように変容している時はもちろん、人間に戻っている時でも多少は濡れる。

「んっ、ぅ……はっ、ぁ……っ、ぁ」

「服が邪魔だ。『尾で捲り上げておけ』――」

後ろから両手を胸に回され、左右の尖りをそれぞれの指で摘まれた。指の腹で転がされては潰され、突きでる度に引っ張られて、痛みを感じるくらいの刺激を与えられる。

「……んぅ、ぅ……ぁ、っ」

翻弄《ほんろう》される紲本人を嘲笑《あざわら》うかのように、ズボンからひょろりと出ていた尻尾が動きだした。背中側を這うように肩まで上がってきて、鉤針状《かぎばりじょう》に曲がった尖端《せんたん》でインナーを引っかける。それを鎖骨の辺りまでぐいっと持ち上げられると、胸や腹が車内の空気に晒された。

「……ぅ、ぁ……こんなの、レイプと一緒だからな……っ、最低だ」

「お前が欲しがっていれば問題ないはずだ。照れているだけなのはよくわかっている。『紲、私にキスを』――」

ルイは命じるなり片方の指先を宙に浮かせ、指を鳴らすような手つきで摩擦《まさつ》を起こす。

その瞬間、彼の指先からわずかな血が噴きだした。

血は微細《びさい》な赤い霧状《きりじょう》に舞うと、リムジンの窓に向かって散っていく。

カーテンが完全に閉まり切ってなかった窓は三ヵ所あり、霧は赤い羽虫の大群のように三手に分かれた。それぞれのカーテンに纏《まと》わりついて勢いよく閉め、役目を終えるなり消え去る。

「んぅ、ぅ……ふ……っ」

元々暗めだった車内がさらに暗くなった途端《とたん》、紲はルイの唇に迫った。

意思とは無関係に、威令通り動いてしまう。限界まで伸びる首も、吸いつく唇も、貪欲《どんよく》に絡みつく舌も、自分の意思ではない。ただの傀儡《くぐつ》に過ぎなかった。ルイに触れた途端に鼓動《こどう》が高鳴っても、ときめいても、無理やりな行為であることに変わりはない。

「はっ、ぁ……ぅ、ん……っ」

紲は淫魔に、ルイは吸血鬼に変容していて、唾液を交わしたところで利はない。

互いに力を得られるわけでもなく、美味だとも思わないはずなのに、夢中で舌を絡め合った。

気持ちのうえでは頗《すこぶ》る怒っている。けれど触れれば触れるほど、味わえば味わうほど昂って
しまう。それは自分だけではなくルイも同じだということを、過敏な鼻が察していた。

「ん、ぅ……ふ、は……っ」

威令が効いていて、両手を彼の背中や首に回すことができない。

そもそもそんなことをしてはいけないと思うのに、求める指先がシートの上でひくついた。

認めたくなかったが、手が彼に触れたがっている。空港でコートの上から触れた背中にもう
一度手を回して、ぎゅっと抱きつきたかった。

「は……っ、ん……っ……ぅ、ふ……っ」

「──ッ、ン……」

顔を斜めにして唇を塞がれ、喉に向けて突き刺さんばかりに舌を挿入される。

右胸の尖りを弄《まさぐ》りながら、左手でベルトを外された。前を寛《くつろ》げられるとすぐに、恥ずかしい
猛《たけ》りが空気に触れる。下着を濡らしていたそれはさらに蜜を零し、ヌチュヌチュと音を立てて
扱かれた。

「──んー……っ、ぅ、ぅ……！」

威令のせいで遮ることも肩を揺らすこともできず、キスのせいで嫌とすら言えない状況下で、紲はこれを凌辱だと思い込もうとしていた。体を自由にされたからといって、心まで許すわけにはいかない。なし崩しに求めてしまうような自分にはなりたくなかった。

「――紲……『下を脱いで、テーブルの上で仰向《あおむ》けになれ』――」

「……っ、嫌だ……そんなのは……っ、絶対に嫌だ！」

「私を誘ってきたのはお前だろう？　期待に応えて、今度こそ手に入れる」

「招待状を出したのは俺じゃない！　そっ……っ、ぅ」

蒼真の名を出そうとした瞬間、舌が引き攣《つ》った。

少し言いかけたせいか、ペンチでいきなり挟まれたような圧迫と激痛が走る。

そのくせ体は命じられた通りに動いており、シートに座りながらも腰を浮かせて、ズボンと下着を纏めて下ろしだしていた。やめろ、脱ぐなと自分に言い聞かせても、手を緩めることができない。「嫌だ！　やめさせてくれ！」と叫《さけ》んでも虚《むな》しく、体は着々と動き続けた。

「『脚を広げ、私を受け入れろ』――」

「ルイ……ッ、いい加減にしろっ！　お前は最低だ、卑怯《ひきょう》で野蛮《やばん》な男だ！　軽蔑《けいべつ》するるっ！」

「『黙れ。喘《あえ》ぎ声以外は聞きたくない』――」

「……っ、ぅ、ぐ……っ、は……ぅ！」

紲は細長いテーブルの上に仰向けになり、喋れなくなった口で呼吸だけを繰り返す。

リムジンの天井には、テーブルと平行に伸びた薄めのシャンデリアが付いていた。

カーテンのわずかな隙間から入る午後の光を受けて、クリスタルが輝いている。

ルイの顔を見たくなくてそれを睨みつけていた紲の耳に、今度は『私の目を見ろ』という新たな威令が下された。最早どうにもならない――。

「お前に会って、こうして抱きたかった。六十五年の歳月は私にとっても短くはない」

「――っ！」

「お前が意地を張って素直にならないから、蒼真は見るに見かねて招待状を偽造したのだろう。延命だけが目的だったのではなく、お前を幸せにするのは私でなければ無理だと思い知ったのだ。つまりお前が私を誘ったのと同じことになる。奴の前で私への未練を匂わせたりするから、こういう結果になったのだ。そしてこれは私の望むところでもある。何一つ問題はない――」

「……っ、ぅ……ぁっ」

ルイは勝手なことを自信満々に語りながら、屹立《きつりつ》に顔を沈めてくる。

臍に向かって糸を引くように粘液《ねんえき》を滴《したた》らせていた先端《せんたん》が、赤い舌先で舐め上げられた。

唾液と先走りの付着した唇が、艶《なま》めかしく光って見える。

目を逸《そ》らしたくても、命じられたせいで逸らせない。

ルイと目を合わせたまま外せずに、唇や舌の動きまで捉えてしまった。

「はっ、ん……ぅ、ふ……っ」

後孔に指を添えられ、押すように撫でられる。内側はすでに濡れており、抉《こ》じ開けられると蜜が溢れた。ルイの指先を濡らして、それを難なく誘い込む。

「――っ、う……ぅ、っ！」

「まるで雌だな……つくづく、淫魔の体は面白い」

ルイの長い指が二本、ヌプッ……と、卑猥《ひわい》な音と共に入ってきた。

指は腹側に向かって曲げられ、性器の裏側辺りにある前立腺《ぜんりつせん》を刺激される。

そこを弄《いじ》られると普通の人間は男性器から蜜を滴らせるが、淫魔の場合は相手の性によって濡れる場所が変わる。性器から出ていく蜜は控《ひか》えめで、後ろがしとどに濡れていった。

「あ、ぁ……っ、ぁ……っ！」

指よりもっと太い物を挿入して、カリを引っかけながら荒々しく摩擦して欲しい――そして濃厚な精液で満たして欲しい……そんな欲求が膨れ上がり、肉洞がうねりだす。

「胸が淋《さび》しそうだな……生憎《あいにく》と私には尾が無い。『自分の尾で可愛《かわい》がってやれ』――昔から、そうするのが好きだっただろう？」

右手でズプズプと突かれ、双丘の間を蜜が走る。左手では屹立を大きく扱き上げられた。

もしも自由の身だったら思い切り仰《の》け反《ぞ》ってしまいそうだったが、紲の体は威令に縛《しば》られ続ける。ルイの瞳から逃《のが》れられず……鈴口を舌で愛撫《あいぶ》される様子も、ずっと見ているしかない。

「ふ、はぁ……ぅ……んぅ……っ」

尾だけが威令によって動きだし、胸の上を這う。硬く痼《しこ》った乳首に、ほっそりとした尖端が絡みついた。蜥蜴の尻尾に似た形状と艶消《つやけ》しビニールのような感触を持つそれは、左の乳首の上を通過して刺激しながら、右の乳首をきゅっと縛り上げる。

「——ぁ、あ……ゃ、ぁ……っ!」

ルイの手で反り返る雄茎を激しく扱かれ、カリごとじゅぷりとしゃぶられた。

視線を繋いだままそうされるのは、涙が出るほど恥ずかしい。顔を隠したくても手が動かず、ほぼ真っ直ぐに伸ばしたまま指先を泳がせるばかりだった。ルイの体に触れて引っ掻く仕草を取ってしまい、結果的に強請《ねだ》る手つきになる。

「や、ぁ……も……っ、ぁ……あぁ、ぁ……!」

紫の瞳に、浅ましい媚態《びたい》が映っている気がした。

彼が見ている光景を想像すると、泣きたいくらい自分が嫌になる。

悔しくて腹立たしくて——それなのに、絶頂は容赦《ようしゃ》なく迫ってくる。

「ふっ、ぁ……あぁ、ぁ——……っ」

その刹那《せつな》、尾の先が針のように細まる。乳嘴の先端を突きながら、ギチッと締め上げた。

ルイの口内に精液を放つ瞬間でさえ、視線は繫がったままになる。許されるのは瞬きだけで、生理的な涙が零れた。

「——淫《みだ》らな体だ……はしたなく貪欲で、容易に堕《お》ちる」

血肉にもならない悪魔の体液を飲み干して、ルイはゆっくりと身を起こす。

紲の目線は彼の動きに合わせて移動していき、再び天井のシャンデリアが見えた。

黒髪の向こうで、クリスタルがきらりと光っている。もしかしたら同じように光ったのかもしれない自分の涙は、ルイの唇で丁寧に吸い上げられた。

「それでも、お前は可愛い……私の恋人だ」

びくびくっと痙攣《けいれん》しだす腰から、指を抜かれる。不安と期待が胸の奥でざわつき始めた。

「……っ、ぅ……く……っ」

脚を抱え上げられ、折り曲げられるようにして穿《うが》たれる。

ずぐぐっと後孔から捩じ込まれる怒張に、理性まで押し潰された。

これは卑怯で一方的で、力任せの暴力と同じ凌辱行為だと思いたいのに——結合が深まれば深まるほど、そう認識するのが難しくなる。

魔力で自由を奪うような真似をしておきながら、快楽《かいらく》を与えて愛の言葉を注ぐのはますます卑怯だ——でも……それでも……憎み切れない。

「——あ、ぁ……っ、ぁ……ぅ、ん——っ」

腰の下に両手を入れられ、双丘を掬《すく》い上げるように摑まれる。

最初こそ低温だった怒張は、紲の中に入るなり体温を移し取っていった。

硬く大胆《だいたん》に張りだした肉笠が、内壁をズクズクと抉じ開けては逆撫でして去っていく。

熱っぽい摩擦が生じていた。執拗《しつよう》に刺激される前立腺から、背筋に震えが走る。蜜も迸《ほとばし》り、用のない雄茎からも残滓《ざんし》がピュッと飛びだしていく。

「はぁ……ぅ、ぁ……や……っ、ぁ……っ！」

「――……ッ」

目を閉じようとしても、瞬きにしかならない。体は見えない重力でテーブルに張りつけられ、視線は紫の瞳に縫《ぬ》い止められる。

寸分の緩みもなく見つめ合いながら匂いを高め、繋がった。

思うように喋ることさえできず、許されている嬌声《きょうせい》のみが車内に響く。他にはただ、淫らに濡れた肉孔がルイの雄をくわえ込む音と、しっとりと湿《しめ》った肌がぶつかり合う音……それらが、どこまでもいやらしく響き渡る。

「……っ、紲……私の紲……」

「あっ、ぁ……ん、ふぁ――」

腰を抱えた両手で二つの肉を鷲掴《わしづか》みにされ、揉《も》まれながら激しく貫《つらぬ》かれた。突き落とされるような体勢になり、ルイの重みが腰までかかる。繋がりが深まって、堪《たま》らなく気持ちがいい。

「ひは……っ、ふあ……ぁ、ぁ……っ」

「――紲、これは褒美《ほうび》だ……受け取れ」

自分を真っ直ぐに見つめていた紫の瞳が、瞼の向こうに隠れる。

濃密な睫毛《まつげ》が揃って伏せられ、そしてゆっくりと上がり始めた時——突然体が軽くなった。

ふっと地球の引力が消えたかのように、手足が自由になる。視線も舌も含め、ルイの魔力で囚われていたすべてが解放された。

「あ……っ、ぁ……っ、ルイ……ッ」

ルイの瞳は紺碧に——体は人間の物へと変わっている。威令は無効になっていた。

自由になった途端、紲の両手は彼の背中に向かう。何も考えられない。ただ体に従うまま、その背に縋りついた。

「う……ぅ、ん……ぅ——っ！」

与えられた唇を斜めに吸うと、体内の屹立も斜めに向かって動きだす。

人間の味がする唾液に、喉が震えた。双丘を割るようにずっぷりと入り込んでいる雄からも、人間の養分を得られる。

先走りに混じったわずかな精液を粘膜が吸収していた。より濃度の高い物を欲して、ルイを締めつける。内壁が痙攣するかのように小刻みに蠕動しだした。彼の雄を根元から先端まで、ぐちゅぐちゅと扱いて精液を搾り取る。

「ん——……っ」

「——……ッ！」

最奥を突かれ、そこにドクンッと放たれる。

次に会ったら殺すと言っていた男が、命の源《みなもと》を大量に注ぎ込んでくれた。

――……これは、夢なのか……？

唇を繋げ、ルイの香りを嗅ぎながら、紲は六十五年振りに彼の精液を吸収する。

経口摂取とはまるで違っていた。体中が満たされ、爪や髪の先まで潤《うるお》っていく。

ベルベッドの感触を持つ真紅の薔薇の中に、全身を投げだすような心地だった。

「……紲……お前を愛している。二度と放さない」

二度と現れるな――そう言っていたはずなのに、真逆の言葉と抱擁《ほうよう》を与えられる。

そんなことを言われても困るし、応えられないし、つらくなるだけなのに……それなのに、うなじを引き寄せてしまった。ルイの肩に顔を埋めて唇を押さえつけていないと、「俺も」と告げてしまいそうだったから……紲は瞼も唇も、貝のようにきつく閉ざした。

2

三百年以上の人生の中で、ルイは何度か日本の地を踏んだ。

軽井沢に来たのは初めてだったが、ここが紲や蒼真にとって暮らしやすい場所だということは、事前の調べでわかっている。

都心まで一時間少々という利便性を誇《ほこ》りながらも、緑豊かで気温が低く、空気が澄《す》んでおり、文化的にも優れた高級リゾート地として発展してきた場所だ。

寒冷地のほうが過ごしやすい種の豹族と、調香師として働く紲が暮らすには、絶妙な環境《かんきょう》に見える。

特に鹿島の森は、鬱蒼《うっそう》とした木々と苔むした浅間石に囲まれており、冬場の今は風の音しか聞こえないほど静かだ。天高く伸びた松が揺らされ、小川のせせらぎに似た音がする。

「やあ親友、相変わらず美形ばっかりぞろぞろ連れて派手だね」

結界で守られた数千坪《つぼ》の敷地の門前で車を降りると、木の上から声をかけられた。

この世でもっとも消したい男の声だ。獣化はせずに、人型のまま悪魔化していた。

蒼真のことを思う度、ルイはホーネット教会の存在意義について考えさせられる。

唯一の純血種にして、千里眼《せんりがん》を持つ女王に支配されることを酷く疎《うと》ましく感じたりもするが、その一方で掟は必要だと思った。

もしも悪魔を縛るものが何もなかったら、些細《ささい》なことがきっかけで殺し合いが起きるだろう。そして人間に存在を認知され、圧倒的な数を誇る彼らに害獣《がいじゅう》のように駆逐《くちく》される日が来る。

強い抑止力はあったほうがいい。何もなければきっと、激情に駆られてしまう。

「気色の悪いことを言うな、獣を友人に持った覚えはない」

「……ッ、ルイ！」

横から紲に窘《たしな》められ、苛立《いらだ》ちが静かに湧いてくる。

紲は自分の恋人だったのに、番の指輪を受け取ってはもらえなかった。選ばれたのは蒼真だ。その事実にルイは六十五年間ずっと苛《さいな》まれてきた。プライドも粉々《こなごな》だったが、そんなものは失恋の痛みに比べれば小さなものだ。紲を恨んだのは最初だけ――あとはただひたすら苦しく、紲が恋しくて堪らなかった。この男さえいなければと、思わなかった日は一日もない。

「無理に人型を保つ必要はないぞ。獣は獣らしく、四足で這いまわるのがお似合いだ」

「そういうお前は気障《きざ》な吸血鬼が板についてきたな。選民意識が服着て歩いてるみたいだ」

「滅多に服を着ない野蛮な裸族とは違うからな。いや、毛皮は着ているか」

「着てるよ。紲にモフられちゃうくらい、うんと上等なやつをね」

「……？」

「ああわかんないか、スラングだから気にしないで。それはそうと今回は大事な用があるから歓迎するけど、結界内に入れるのはお前だけだ。眷属には近くのホテルでも使わせてくれ」

「最初からそのつもりだ。さっさと下りてきたらどうだ？　そんなに高い所に居ると、怯えているか馬鹿だと思われるぞ」

紲が「蒼真に嫌なことを言うな」と言いたげに睨んでくるから、ますます止まらなくなる。殺したいほど蒼真を憎んでいることに、紲が気づいていないことが腹立たしい。

教会の掟があろうとなかろうと、蒼真が紲を愛していたなら絶対に許さなかった。それほど憎んでいた。今も昔も殺さずに済んでいるのは、彼が紲をそういう意味では愛せないからだ。男色のように無駄《むだ》があって贅沢かつ高尚《こうしょう》な関係は、獣人には受け入れられない。人間の姿をしている時でさえ、彼らにとってセックスはあくまでも交尾《こうび》だ。繁殖《はんしょく》にしか興味がなく、恋も愛も解さない下等生物――それがすべての獣人に対する、吸血種族の総意だった。

「ようこそ吸血鬼ルイ・エミリアン・ド・スーラ――歓迎するよ」

豹の時と変わらないほど軽やかに木の上から下りてきた蒼真は、門柱の向こう側から右手を差しだしてくる。

東洋人でありながら金髪にしているのも、自分と同じくらい背が高いのも、何もかもが気に入らない。握手などしたくはなかったが、どうしてもしなければならないのが忌々しかった。

貴族の結界の中に入るには、その地の主の許可を得て招かれる必要がある。強制的に破ることもできるが、無駄に血を流す破目になるのは目に見えていた。教会の掟にも反している。

「私の部屋は用意してあるのか？」

「もちろん、一番いい客間を使ってくれ」

「そこに結界を張らせてもらうぞ。許可しろ」

「どうぞご自由に。ただし、紲に酷いことしたら咬み殺すよ」

金髪の下で紫の瞳をぎらりと光らせる蒼真の手を、ルイは強く握《にぎ》る。

お互いの手がミシミシと鳴りだした。

ルイが当主を務めるスーラ一族は、知的で高貴な吸血種族の中でも特に伝統《でんとう》があり、野蛮で単純とされる獣人と力比べをするのは愚かしい話だった。それでもルイは引く気になれない。たとえ手指の骨を砕かれても、敗者の顔など決して見せたくなかった。もう二度と、この男に負ける気はない——。

「紲は私の物だ。早々に離縁届を出してもらおう」

「紲は紲の物だろ？　お前って相変わらずズレてるよな」

「——なんだと？　獣人風情が誰に向かって口を利いている」

「……っ、二人共……何やってんだ⁉」

紲が異常に気づいて止めに入った瞬間、蒼真は肘をぐいっと引く。

そのまま結界に引き込まれたルイは、手を離すなりすぐさまハンカチを取りだした。蒼真に触れた右手を拭《ぬぐ》ってから、踵《きびす》を返して一旦門柱のほうに戻る。

片手だけを結界の外に出すと、眷属の一人が荷物を渡してきた。

黒スーツを着こなす見目麗《みめうるわ》しい彼は、眷属でも『虜《とりこ》』と呼ばれる種類で、ルイが自分の毒と血を注入して後天的に一族に加えた元人間だ。知能や判断力はあっても、魂《たましい》はない。

「紲、大丈夫？　腰とか」

玄関に続く小道を三人で歩きだした時だった。先頭を行く蒼真が紲の傍に寄る。

蒼真の二歩後ろを歩いていた紲は気まずそうに振り返って、ルイと蒼真を交互に見た。

敷地の囲いの周辺は午後でも暗いほど鬱蒼としており、紲の頬に影《かげ》を落とす。けれど血色はよく、人間に戻った今も髪や肌が艶々としていた。唇もふっくらとして、蜜でも塗《ぬ》ったように潤って見える。紲が人間の淫液を摂取したのは目に見えて明らかなうえに、獣人の鋭敏な鼻は、纏わりつく青い匂いを感じ取っていることだろう。

「別に、なんでもない……大丈夫だ」

「無理してない？　まさか車の中でなんて予想してなかったな、節操《せっそう》なさ過ぎだろ。人のこと獣扱いするけど、自分こそケダモノじゃん」

「誰がケダモノだと？」

「蒼真、やめろ。ルイも……喧嘩するなっ」

紲の言葉にルイは押し黙ったが、蒼真は「はいはい」と軽く答えて紲の腰に手を回す。

さらに「スーツケース重くない？　持とうか？」と耳の近くで囁いた。

「これくらい平気だ……あ、ちゃんと……着替えたんだな。肉、受け取ったか？」

「冷蔵庫に入れておいた。偉い？」

「普通だろ」

「！」

気まずそうな顔から一転、蒼真の笑顔に釣られるように紲が笑う。まだ強張《こわば》ってはいたが、確かに笑った。リムジンの中では眉間《みけん》に皺《しわ》を寄せてばかりだったのに、今は違う。

蒼真に招待状を偽造されてあれほど怒っていたのに——何故怒鳴りも殴《なぐ》りもせずにいきなり肉の話題になるのか、ルイにはまったく理解できなかった。

ただ感じられるのは、一緒に暮らしている者同士の馴染んだ空気……当たり前の生活感や、帰るべき所に帰ってきた紲の安堵。スッと肩の力が抜けて、背中が安らいでいる。

蒼真と紲は食餌で繋がっているだけの関係で、恋人同士ではないはずだったが、手でも繋ぎそうな雰囲気《ふんいき》に見えた。

「空港でルイに捕まった？」

数歩先から蒼真の声が再び聞こえてくる。やけに明るい声だった。

「……っ、そうなるって……わかってたのか？」

「わかるわけはないけど、なんとなくね。紲が出ていく時に悪い予感がしなかったから」

「——よくあんな勝手な真似ができたものだな……お前には言いたいことがあり過ぎて、でも今は……呆《あき》れて言葉も出ない」

紲の口調には怒りも含まれていたが、それよりも困惑《こんわく》の度合いが強い。放心状態と言っても過言ではなかった。車内でも服を着るなり人形のように居竦まって、命じてもいないのに隣で大人しくしていた。肩を抱き寄せればそのまましな垂れ、額に口づければ目を閉じ、「愛している」と囁けば震える。照れていると判断するには、あまりにも苦しそうな表情で——。


森の中に佇む屋敷は、木造二階建ての近代建築だった。

一階でも階段を十段上がった高さにあり、どの部屋からも苔むした鹿島の森を望める。

ルイが通されたのは二階の部屋で、広さは二十畳ほど。天然木の床板と天井、珪藻土の壁、東と南の二面が巨大な硝子窓になっている。カーテンではなく電動式の木製シャッターが付いており、作動させるとほぼ完全に光を遮断《しゃだん》することができた。

吸血鬼だからといって太陽光や十字架、聖水やニンニクに怯えるようなことはない。荘厳《そうごん》な教会や賛美歌《さんびか》を美しいと感じることもできる。魔族は進化した高等生物であって、人間の作りだした偶像など恐れるに足らないからだ。ただし太陽光だけは別で、怯えはしないが苦手ではある。悪魔の時でも人間の時でも、日光に当たると体力を激しく消耗《しょうもう》した。

――夜になってから張るか……いや、今やってしまおう……。

荷物を置いたルイは、スタンドの光だけを灯した部屋の中央に立つ。

他の貴族悪魔の結界内に自分の結界を張るのは難易度が高く、許可を得てもなお大量の血を必要とする。長時間のフライトと日中の移動で疲れている時にやるべきことではなかったが、蒼真が支配する空間に居ることが不愉快で堪らなかった。

何しろ、獣人系悪魔は吸血鬼よりも遥《はる》かに耳や鼻が利く。この部屋で行うことのすべてを、監視されているようなものなのだ。

ルイは左手を胸の位置まで持ち上げて、紫の瞳で自分の手首を見下ろす。

そこに右手の人差し指を走らせると、白い皮膚にメスで切ったようなラインが入った。

「――ッ」

脈がドクンッ！　と鳴り、夥《おびただ》しい血が一気に噴きだしてくる。

血は重力に従うことなく、傷口の幅そのままの赤い帯になって壁まで伸びた。

珪藻土のオフホワイトの壁に、幅五センチほどの赤い線が引かれる。

線は床と平行に猛烈《もうれつ》な勢いで横に伸びて、閉じた木製シャッターや扉を経由した。ぶれずに水平を保ったまま室内を一周して起点に届き、部屋全体を包囲する。

これで他者の侵入《しんにゅう》は防げるが、これだけでは嗅覚や聴覚で感知されることは避けられない。

完全な異空間を構築したかったルイは、左腕に強い倦怠感《けんたいかん》を覚えながらも血を出し続けた。宙を舞う赤い帯を今度は天井に向かわせ、頭上から線を引いていく。上から下へ扉を経由し、そのまま床を通って再び壁を上がって天井へ。部屋を一周させると、天井の起点で結ぶ。

手首の傷は徐々に塞がっていき、肌に一滴の血を残すこともなく帯に変わった。

扉には血の十字架が描かれた状態になっている。部屋はさながら赤いリボンで結ばれた白い箱のようだ。少々やり過ぎだったが、ここまで大量の血液を使って結界を張れば、音も匂いも外には漏れない。紲に何をしようと、蒼真にいちいち干渉《かんしょう》されることはなくなる。

「……ルイ、シーツとタオルを持ってきた。開けるぞ」

結界を張ることに集中していたルイの耳に、紲の声とノックの音が割り込んでくる。まだ入るなと言おうとした時にはもう、扉を開けられてしまった。

「――っ!?」

シーツやタオルを胸に抱えている紲は、仰天顔《ぎょうてんがお》をしてから呆然《ぼうぜん》と立ち尽くす。

結界は完成していないものの、紲の眼前には赤い十字の帯が立ち塞がった状態になっていた。扉の上を経由した血液は、実際には扉に付着しているわけでも染み込んでいるわけでもない。帯として空間に残っているため、紲は一歩下がって目を瞬かせる。

「これ……っ、結界か？　こんなに血を？　霧状じゃ……ないんだな……」

「空間を完全に切り取るには多くの血を必要とするからな。丁度よかった、完成する前に入ってこい。後から招かなくてもよくなる」

「――触らないように、潜《くぐ》ればいいのか？」

「お前なら通れるだろう？　ポケットに指輪が入っているなら置いてから来い」

紺は少し迷った末に「ラボに置いてきた」と答え、床に手をつく。

自分の体や持ち物が血に触れないようにしながら、十字を潜って部屋に入ってきた。

大柄なルイから見れば、日本人の紺は小さく若々しく見える。それがより縮《ちぢ》こまって慎重《しんちょう》に帯を潜る様は、亜麻色のリスのように可愛らしかった。

「うわ……凄いな、部屋の中……一周してる」

「そこに立って見ていろ。結界を閉じる――」

ルイは紺と対峙《たいじ》した状態で、両手を勢いよく合わせる。

小気味よい音と共に、自分の魔力を体内に循環《じゅんかん》させて掌に集中させた。

その力を爆発的に放出すると髪や服が風を孕んだように揺れ、室内を囲った血が拡散《かくさん》する。

赤い帯は、壁面や床、天井に沿って幅広く伸びていき、細い帯から巨大な膜《まく》へと変貌した。

白を基調にした部屋が、瞬く間に血塗られていく。膜は隙間がなくなるまで広がり、完全に繋ぎ合わさると色を失っていった。ルイの魔力だけが残って、結界が完成する。

「――消えた……っ、けど……力が部屋中に漲ってる」

「これで蒼真は入ってこられない。お前の嬌声が外に漏れる心配もなくなった」

愛を込めて微笑みかけると、紲はリネンを抱える手に力を込める。眉間に皺を寄せて露骨《ろこつ》に抵抗を示し、視線を外した。

「俺は……するつもり、ないから……」

リムジンの中であんなに愛し合ったのに……拘束を解いた途端に力いっぱい抱きついてきたのに、今はもうつれない。紲は残酷《ざんこく》だ――向けられるその言葉、その横顔、外された視線で、こちらがどんなに痛めつけられるか知りもしないのだろう。

「お前の都合など聞いていない」

目を合わせ、はにかむように笑って欲しかった。

柔らかな唇をゆっくりと開き、「ルイ」と嬉《うれ》しげに呼んで愛を語って欲しい。

そうしてくれたら凍《こご》える心臓は燃えるように熱くなり、冷たい血は滾《たぎ》るのに――。

「……来るって知らなくて……シーツまだで……けど、掃除はしてあるから」

紲はたどたどしく言うと、顔も合わせずにバスルームに向かう。

つい先程、突然肉の話題に切り替えた時のような違和感《いわかん》だった。

タオルを置いてからすぐに戻ってきた紲は、キングサイズのベッドにシーツをかけ始める。

慣れているのがわかる手つきで、真っ白なシーツは皺ひとつなく整えられていった。

「夕食はどうする？　お前の口に合うような豪華《ごうか》な物は作れないけど、それでもいいか？」

「人間の生き血と上等な赤ワイン、あとは焼き立てのフルート・アンシェンヌと若いカチョカバッロがあればそれでいい。なければ眷属に持ってこさせる」

「——是非《ぜひ》……そうしてくれ……うちには肉と野菜と米しかない」

「私は獣のように多くは食べないからな、あまり構わなくていい」

ルイは自分なりに、紲に面倒をかけないよう気を遣ったつもりだった。

ワインの銘柄《めいがら》を指定することもなく、本当はこだわりたいベッドやリネン、部屋の装飾にも照明にも一切口を出していない。自分が快適に過ごすことよりも、紲に歓迎されることを優先しようと思っていた。

「——手際がいいな」

「そうか？　もうすぐ終わるから待っててくれ」

シーツや羽毛布団を整えている姿を後ろから見ていると、次第に憐《あわ》れになってくる。

本来なら紲は自分の番になるはずだった。使役悪魔であろうと関係ない。貴族よりも贅沢に、それこそホーネットの女王のように優雅《ゆうが》な暮らしをさせていたはずだ。何が悲しくて、こんな使用人めいた後ろ姿を見なくてはならないのか——。

「眷属が居る気配がしないが、この屋敷の掃除はお前がしているのか？」

「ああ……家事全般やってる。蒼真は人間を虜にするのを嫌がるし、俺も反対だから」

「——っ」

枕カバーを広げながら振り向いた紲は、明らかに棘《とげ》のある言いかたをした。

これは虜を何人も連れてきた自分に対する批判《ひはん》だと、考えるまでもなくわかる。

眷属には二種類いて――一つは同じ血を分けた使役悪魔……つまり自分の子や兄弟に当たる。もう一つは血毒で侵《おか》して虜にした人間。蒼真はこの二種のうち、後者を嫌っていた。

「蒼真が虜を作らないのは、お前に対する配慮《はいりょ》が足りないからだ」

「……っ、どういう意味だ？」

「豹族の使役悪魔は、性質上普段は群れない。有事の時に集うだけだ。人間を虜にしなければ、いくら蒼真が貴族であっても身の回りの世話をする者はいなくなる。その結果お前が使用人のように働かされる破目になっているのがわからないのか？　調香師の仕事は遣《や》り甲斐《がい》のあるものだろうが、掃除や食事の支度までしなければならないとは、嘆《なげ》かわしい限りだ。私が番ならお前に苦労はさせなかった」

「苦労してるなんて勝手に決めつけないでくれ！　掃除も料理も普通のことだし、気晴らしにもなるんだ。虜がいれば、確かに便利で快適なのかもしれないけど……虜って結局……人間を体だけ生かしたまま殺してるのと同じことなんだろ？　洗脳《せんのう》されて意思のない、人形みたいな目は見ていてつらい。蒼真が虜を作るような貴族じゃなくてよかったと思ってる」

ようやく目を合わせたかと思えば、こんなことを言ってくる。

眷属を作るのは一族の長の役目だ。自分の一存でどうこうできる問題ではない――。

「私を番に選ばなかったのは、私が人間を虜にする悪魔だからか？」

「別に、そういうことじゃない。あの時は虜がどうとかよく知らなかったし」

「貴族には眷属を増やす義務がある。教会や一族の屋台骨《やたいぼね》を支え、有事に備えておかなければならないからだ」

「っ、だからって……人間を洗脳して奴隷みたいに使うのはっ」

「私が虜にしているのは、放っておけば死ぬ人間だけだ」

「……っ！」

ルイが語尾を強めて言うと、紲は息を詰まらせる。そしてすぐに、ばつの悪そうな顔をした。カバーをかけていない枕を抱いて、視線を彷徨《さまよ》わせながら唇を無音で開く。

「それでも嫌か？　人間を虜にしなければ、私と番になるのか？　お前が望むならその通りにする。誰の反感を買おうと、お前を番にできるならそれでいい」

「……ルイ……悪かった。虜にする人間を……そういう基準で選んでることを知らなかった。貴族の事情とか、よく知りもしないのに一方的なことを言って、ごめん……」

紲は枕を抱き締めながらも、殊勝《しゅしょう》な顔で謝ってきた。

きちんと目を見て謝り、それから少しずつ瞼を落としていく。

申し訳なさそうな顔をしながらも、頰や目の周りが薄らと紅潮《こうちょう》していた。

惚れた男と目が合って、恥ずかしがる純真《じゅんしん》な乙女《おとめ》のような……そうとしか思えない反応だ。

「蒼真と離縁して、私と番になる気になったか？」

「……ならない！　それは別の話だっ」

「――っ」

顔を上げて即答され、心臓に亀裂《きれつ》が入る。

こんな時、ルイは自分の体が氷でできている感覚を覚えた。

紲の言動は鉄の杭《くい》のように鋭《するど》く胸に刺《さ》さって、自分を砕く。紲の仕草や言葉に心温められて溶《と》かされたこともあった。どちらに転ぶのも紲次第だ――。

「俺が蒼真を選んだ理由は、昔……言った通りだし、離縁届がどうとか言ってたけど、蒼真にそんな物を出させる気はない。仮に出されたところで、お前と番になるなんて考えられない」

「……っ、そもそもお前が考えることではない、貴族間で決めることだ！　赤眼はその決定に従うしかないっ」

耐《た》え切れずに声を荒らげ、無意識のうちに手首を引っ摑んでいた。

紲は急激な動作に驚愕《きょうがく》しながら、言葉を呑むように唇を引き結ぶ。

声を出されなくても、何が言いたいのかわかった。「そういう差別的なことを言う奴は嫌いだ。また幻滅《げんめつ》した」とでも言いたいのだろう――自分でも、紲に向かってこんなことを言いたくて言っているわけではない。乱暴に手首を摑みたかったわけでもない。

「ルイ……ッ、痛い、手を放せっ」

人間以上に身分の差が明確な魔族でありながら、紲との関係だけは特別だった。

恋をしたら身分など捨てて、想い人の虜になるのだと……そんな御伽噺《おとぎばなし》のような心の変化が自分にも起きることを、出会ってすぐに知った。運命だと思った。

紲に出会い、覚醒させ、番となって愛し合うために生まれてきたのだと信じた。今でもその気持ちに変わりはない。

「お前は私のことを好きなはずだ……一緒に居たいはずだ。拒絶《きょぜつ》する理由がわからない」

「っ、俺は無理やりなことをされるのが大嫌いなんだ！　昔も……今日も、お前は力を使って無理を通した……俺を凌辱した。そういう男と番になって一緒に暮らそうなんて思えるわけないだろっ、常識的に考えろよ！　俺はまだ怒ってるし、お前も俺を憎んでればいいんだっ」

「私がお前を憎む？　無理を言うな。別れた時のことは悪かったと思っている。時間をかけて償《つぐな》わせてくれ」

「はぁっ⁉　なんだよそれ……っ、いまさら何⁉　お前ってますます最低な奴だな！　そんなこと言うならなんでさっきあんなことしたんだ⁉　会って一番にまず謝るとかしろよ！　俺はお前が反省してるなんて思えないし、まるで信用できない！」

「紲……」

「さっきのあれ、俺は絶対許さないからっ」

紲に怒鳴られ、ルイは困惑する。過去のことではなく今日のことで何故こんなに怒るのか、どうして自分がここまで怒鳴られなければいけないのか、その理由がわからなかった。

「――本当は……照れているのか？」

「違うっ！　本気でそう思ってるなら今すぐ出ていけ、救いようがない！」

「昔のことは心から悪かったと思っている。反省しなければならないのも謝罪しなければならないのも、本当は自分だとわかっているつもりだ。だが先程お前は私に抱かれて感じていた。とても悦《よろこ》んでいた。私はお前を傷つけてなどいないし、あれは凌辱にはならない」

「……っ！」

途中から顔をトマトのように真っ赤にしていた紲は、枕を思い切り振り上げる。

淫魔の動きは、吸血鬼の眼にはスローモーションのように見えた。白く大きな枕が、自分の顔に向かってくるのがわかる。避けるか受け止めるか迷う余裕さえあった。

「最低だなっ！　お前なんか大嫌いだ！」

避けると枕は顔の横を飛んでいき、紲の怒声だけがぶつかってくる。

そのほうが遥かに痛くて、攻撃的だった。心臓にまたしても亀裂が入る。けれど今度は熱を感じた。どうしようもない怒りが湧いてくる。

車内での行為で紲を怒らせてしまったにしても、紲が自分を好きなことは間違いないはずだ。それを認めもせず嘘ばかりつく想い人を、どうしたら素直にできるのかわからなくて――どうしたら手に入れられるのかわからなくて、苛立ちと悲憤が止まらなかった。

「あっ！」

ルイは摑んでいた片方の手首を捻り、紲の体をベッドの上に押し倒す。

肉体のように魔力でどうにかできるなら簡単なのに、『本心を語れ』と言ったところでその威令は効かない。体を動かしたり舌を止めたりすることはできても、意識は操れないからだ。

「紲……使役悪魔は貴族に命じられれば逆らえないが……威令は人間の催眠術《さいみんじゅつ》と大して変わらないものだ。死ねと命じて自害させることはできない。何故だかわかるか？」

シーツの上に手首を縫い止めて見つめると、紲は大きく目を剝いた。

亜麻色の瞳を丸くさせ、何を言われるのかわからない様子で不安がっている。

「どれほど魔力を使っても、本人が絶対に嫌だと思っていることはさせられないからだ」

「――……っ！」

息を吸い、そして唾《つば》を飲み込む音が聞こえた。

ルイは本当のことしか言っていない。

事実として、本人の命に係わることや、『仲間を殺せ』などの極端《きょくたん》な威令が遂行《すいこう》されることはほとんどない。効くとしたらそれは、強い抵抗がない行為だったということになる。

「お前は私に抱かれたがっていた。私を見ると、いや……空港では私の姿を見る前から誘引の香りを漂わせていたくらいだったな。私はお前ほど鼻が利くわけではないが、上階からお前の匂いが下りてくるのを感じた。鼻のいいお前は、先に私の匂いを感じたのだろう？」

「……違う……お前は勘違《かんちが》いしてる！」

紲はベッドの上で仰向けになったまま、強気な目で睨み返してきた。

四肢《しし》が緊張《きんちょう》して強張っている。眉間には皺が刻まれ、けぶる睫毛と共にひくついていた。

「何が勘違いなのだ？」

「……淫魔として覚醒した俺にとって……精液が得られる状況はどうしたって悦ばしいものになるし、他の悪魔よりは感じやすいかもしれない。昔……寝たことのある男の匂いを嗅いで、無条件に体が反応したのかもしれない。けどそれは、俺が淫魔だからってだけの話だ。お前が特別なわけじゃない！　誰でも同じだっ」

「――っ」

嘘だ――そう叫びたい口が、開いたまま固まって動かなくなった。

嘘だと思いながらも、それは己《おのれ》の願望ではないかと疑っている自分が居る。

本当は紲の言う通りなのかもしれない。精液を得られる瞬間に向けて火照る体や、甘やかになる表情――得られた後の幸せそうな反応を、自分に対する好意だと……長年ずっと都合よく信じ込んでいただけなのかもしれない。

紲は淫魔で、そのうえ魔力が強い分とても淫らだ。

自分は恋故に惑わされているだけ……そんな気もしてくる。

「……違う！　そんなはずはないっ、お前は私を愛している！」

根拠はない、自信もない。あるのは願望だけだった。

ルイは紲の服に手をかけ、強引に捲り上げる。首から抜き取って、袖だけ残した状態にしてベルトを摑んだ。紲が何かを叫んでいるのはわかっていたが、言語として頭に入ってこない。手足を大きく振り回すような抵抗も、ルイにとってはなんの障害《しょうがい》にもならなかった。

「ひっ、ぅぁ……っ！」

興奮しながらも半ば放心していたルイは、本能の求めに身を委《ゆだ》ねる。血液を失ったばかりの体は、性欲よりも強い食欲に突き動かされた。意図せずとも牙が伸び、脈打つ首に喰《く》らいつく。

「ぐ、っ、ぅ……あぁ──……っ!!」

温かい肌に鋭利《えいり》な犬歯を突き刺して、張り詰めた若々しい皮膚を破った。

筋肉や血管をブチブチと切り裂き、鋭い牙を埋め込む。毒蛇の管牙と同じ構造の牙の先から、毒を注入した。この毒は前後の記憶や意識を奪うほど強い麻酔になり、傷を早く塞いで証拠を消す効果もある。ただし純然《じゅんぜん》たる人間ではない紲には、どちらも半分程度しか効かない。

「うっ、ぅ……く、ぅ……っ」

びくん、びくんと、紲の体が痙攣した。

ルイは上下の唇を肌に密着させ、犬歯を元の長さに戻す。そうすると一気に、二つの穴から血が湧きだしてきた。

舌の上を熱く濡らす血、喉に直接当たる血……どちらも素晴らしく美味だった。紲が如何《いか》に健康的で自然な食生活をしているのか、味わえばすぐにわかる。

赤く透き通るベネチアングラスのように奥深く、濁りなく澄んだ味。血液の旨味《うまみ》と栄養を十二分に備え、五臓六腑《ごぞうろっぷ》に沁み渡る。至上の血液を得て力が漲り過ぎて、体が破裂するようなイメージが湧いてきた。背中の皮膚が破れて翼《つばさ》でも生えてきて、宇宙でも天国でも、どこへでも飛んで行ける気さえする。

この悦びは、吸血鬼でなければ決してわからない。特に、愛する者の血を取り込んで自身の血肉に変える悦楽《えつらく》は、震えが走るほどのものだった。

「――……っ、う……ん……っ、ぁ……」

毒が効いてきて、紲の声が甘くなる。

意識を失わない代わりに心地好い眠気に襲われ、それを堪えて陶然としているような、ふわふわとした酔いが回ってくるらしかった。その反応は以前と変わらない。

愛しくて、愛しくて……そして美味しくて、唇を離すのがつらかった。このままずっと紲の生き血を喉に受け、舌の上で転がし、ごくごくと飲み続けていたい――。

ルイは血のように噴きだす欲望と闘いながら、舌と唇を使って傷を圧迫した。

吸血鬼は数ある魔族の中でも特に誇り高い種族であり、どの一族も吸血によって人間を死に至らしめるようなことはしない。

ましてや貴族は、絶対に人間を吸い殺してはならなかった。

それは教会の掟や人間に認知される危険とは関係なく、種族の沽券《こけん》に関わる問題だからだ。

獲物が死ぬまで血を吸い続けるのは、自制心がなく品性に欠ける行為——酷く行儀の悪い、愚《おろ》か者のすることだった。そういった過失を繰り返して種族の名に泥《どろ》を塗る吸血鬼は、教会が動く前に同族間で粛清される決まりになっている。

それほど恥ずべき行為だ。けれど時には、貴族のルイでさえも獣のように正気を失いそうになる。それほどに、愛する者の血は甘かった。

「紲、私は……お前を愛している。お前も私を愛していると言ってくれ——」

首筋から唇を離すと同時に掌で強く押さえ、紲の頬に口づける。

青ざめた肌に血のキスマークを残して、紫に変色した唇を塞いだ。

紲は細く呼吸を繰り返すだけで、唇を開いてはくれない。カチッと歯列を合わせる音がした。

「——私が……嫌いなのか？」

毒が回っているせいで、虚《うつ》ろな瞳はどこを見ているのかわからなかった。紲はごくわずかに首を動かし、左右に振る。半分正気ではない今の答えは、真実だと思ってもいいはずだ。

「私に、抱かれたいか？」

再び問いかけると、今度は微動《びどう》だにしなかった。

ルイは出血が止まり始めたことを掌で感じ、紲の手を取って首まで導く。『傷口を押さえていろ』と、魔力を放出しながら告げた。これは使役悪魔の肉体に訴えかける威令であり、多少意識が混濁《こんだく》していても、紲の手はしばらく傷を押さえ続けることになる。

「――最後の質問だ。私の精液が欲しいか?」

ルイは体の位置を下げながら、紲の胸に口づけた。また少し血液が付着する。

白い胸は温かく、心臓がトクトクと鳴っていた。

「……欲しい」

血を失った淫魔の本能か、紲の意思か……どちらかわからなかったが、紫の唇は語る。

体を繋げる許しを得て求められたことには違いなかったが、身を切られるように切なかった。

ルイは紲を抱きたくて堪らないと常に思っているが、その欲求は愛の言葉の次に位置している。

六十五年間、妄想し続けた表情と声で、「お前だけを愛してる」と言ってくれたら、空虚《くうきょ》なセックスの何百倍も満ち足りた気持ちでいられるだろう。

「……あっ、ぁ……ん、ふぁ……!」

ルイは紲を裸にして体を裏返し、白い臀部に屹立を押し当てる。双肉の間に挟み込むようにしながら腰を前後させ、同時に紲の昂りを愛撫した。

「ひあっ、ぁ……あぁ――っ!」

紲の魔力が弾《はじ》けて、尾てい骨の辺りから黒い尾が現れる。

体勢的に顔は見えなかったが、瞳の色が赤くなっているのは間違いなかった。

精液を養分として吸い取るために自然と変容した紲の体は、前からも後ろからも淫靡《いんび》な蜜を滴らせる。桜色をした愛らしい窄まりを裏筋でぬるぬると擦《こす》り上げ、挿入を試みるかのように先端で何度か突くと、期待に震える後孔がひくついた。

「ふ、ぁ……ぁ、早く……っ、焦《じ》らす……な、っ」

吸血鬼の毒に侵されている間、紲は酷く淫らになる——けれど、それを素直な愛情表現だと思うのは滑稽《こっけい》なことなのだろう。後孔が男をくわえ込むために濡れるのも、惚れた男に対する特別な反応だと思い込んではいけないのだろう。

ルイは自分にそう言い聞かせながら、紲の体に欲望を突き立てた。

「——……っ、ぁ、あ……ゃ、おっき……ぃ……っ」

身を伏せて腰を揺らし、紲の後頭部に額を当てる。こつんとぶつけ、瞼を閉じた。

淫魔など、今すぐにでもやめさせてしまいたかった。

悪魔としての紲を殺し、ヴァンピールとして蘇らせる。淫魔だから感じるなんて言い訳はさせない……誰でも同じなんて言わせない。他の人間を惹きつける匂いを出させることもなく、他の男の精液を求めさせることもなく……自分が死ぬ瞬間まで、番として傍に置く。

それの何がいけないのかわからない。どうして嫌がるのかわからない。蒼真よりもずっと、紲を愛している。常に傍に居て、この手で守りたい——。

「……ルイ……ッ、もっと……動いて……っ、ぁ……っ、もっと、奥……っ！」

紲は首筋に張りつけた手はそのままに、身を伏せて腰を突きだす。

逆に上体を起こしたルイは、荒波の如く押し寄せてくる紲の腰を摑んだ。

「威令を解くが、傷は押さえていろ」

上から下へ突き落すように欲望を捩じ込みながら、人間の体に変容する。

「ふ、ぁ……あぁ……っ！」

「――……ッ」

人間になったルイの雄は、収縮する肉洞にギチギチと締めつけられた。

さらに紲の尾が腰に巻きついてきて、引き寄せられる。

「……ルイ……ッ、いっぱい……っ、して……中に、出して……っ！」

「紲……っ、そんなに……引き寄せなくても、私は……離れない……」

黒い鞭《むち》のような尾は、抽挿《ちゅうそう》の邪魔にはならない程度に遊びを残していた。それでいて屹立を抜き取れないよう、ルイの体を捕獲する。

「……紲……っ」

ここまで求められて単純に嬉しいのか……淫魔だと痛感して虚しいのか、ルイは自分の心が摑めないまま紲に囚われ、その身を突く。ごつごつと激しく突き過ぎて紲の手が首から離れ、消えた傷口が痣のように鬱血して見えた。

悪魔化したことで治癒能力が高まって塞がった後も、その周辺には人間の血が付着している。

紲とは逆に今はルイが人間に変容していたが、それでも血の匂いは魅惑的《みわくてき》なものだった。

「――……っ、ぁ、あ……あぁ――っ！」

「……ッ、ン……！」

ルイは紲を後ろから思い切り抱き締めて、首の血を舐めながら精を放つ。

同時に絶頂を迎えた紲は、その瞬間に尾と肉洞の引き締めを一層《いっそう》強めた。

生き生きとして熱い肉が小刻《こきざ》みな収縮を繰り返し、滾る精液を搾り取る。

「……ルイッ」

紲は苦しい姿勢で振り返り、口づけを求めてきた。

首筋の血を一滴残らず舐め取ったルイは、徐々に赤く色づいていく唇を塞ぐ。

──紲……。

相手は淫魔だ……けれど唯一愛した恋人であり、紲は紲だ。だから信じようと思った。

本能の求めはあっても、これは吸血鬼の毒によって解放された紲の本心だと──紛《まぎ》れもなく自分を愛してくれているのだと、信じようと思った。


人間に戻って眠った紲をベッドに残し、ルイは結界の外に出る。

閉め切った客間を後にすると、壁面も天井も硝子張りの廊下が目の前に見えた。

すっかり暗くなった冬空と森、そこに浮かぶ月齢《げつれい》十前後の明るい月──すべての悪魔の体に力を与える上弦《じょうげん》の月だ。満月まで、あと一週間。

『――紲の血の匂いがする』

頭の中に直接、蒼真の声が響いてくる。

月明かりに照らされる廊下の奥に、巨大な獣の影が見えた。紫の瞳が光っている。

影はこちらへと迫ってきたが、気配はない。板張りの廊下は軋《きし》むこともなく、近づいて初めて微かな呼吸音が聞こえる。大きさに似合わない静かな獣は、黄金に黒い斑紋の入った豹だ。

「情交の際に血を吸うのは今に始まったことじゃない。戯《たわむ》れだ」

豹の姿をしていたところで、蒼真が紲の番であることに変わりはないのだが、人型の時ほど激しい憎しみは湧いてこない。おそらく蒼真もそれをわかっていて、話をするために獣の姿で寄ってきたのだと思った。

客間から離れて廊下の果てへと進んでいったルイは、横をついて歩く蒼真と共に行き止まりに立つ。顔を見合わせることはしなかった。開放的な空間に立って、膨らんだ月を見上げる。

『ひとつハッキリ言っておくけど――豹族の長はどの種でもわりと自由だ。お前のように色々背負ってるわけじゃないし、いつ死んだって構わないんだぜ』

「それは結構なことだが、貴族たる者、跡取りを残してから死ぬべきだ。ただでさえ少ない豹族が滅《ほろ》んでも構わんのか？」

『そういう自分は作る気あるのか？』

「お前には関係ない。結局何が言いたいのだ？」

『紲を傷つけるような真似をしたら、一族も教会も関係なく、お前を咬み殺すってこと』

横に並んだ豹が低く唸《うな》り、ぶわりと殺気が上がってくる。

蒼真が居る左側の顔や手の皮膚が、張り詰めて痛くなった。

ルイもまた人間ではいられなくなり、体が勝手に変容してしまう。

月光を通す硝子に、紫の炯眼《けいがん》が四つ――二つずつ位置を大きく違えて映しだされた。

「それは無理というものだ。肉体的にはお前のほうが敏捷《びんしょう》で強いに違いないが、咬みつく前に私の血が刃《やいば》となってお前の首を刎《は》ね飛ばす。格の違いを思い知りながら無駄死にするだけだ」

『その時は生首のまま喰いついて、喉笛を咬み切ってやるよ』

太く長い尾が空を切り、腰をパシッと叩かれる。

非常に不愉快だったが、それと同時に殺気が消えて空気が変わった。

どことなく、昔に戻ったように感じられる。ルイとしてはあまり思いだしたくなかったが、過去には本当に、親友と言える仲だった時期もあった。

『満月まであと一週間だ。紲はヴァンピールになりそう？』

「――説得する」

『今のところ拒絶してるってことか。承諾《しょうだく》なしでもできればいいのに』

「できなくはないが、虜と似たような状態になってしまう。体が生きているだけで魂が入っていないのでは意味がない。それは紲とは言えない」

『珍しく意見が合うな』

蒼真は体を撓《しな》らせて、ニッと笑う。獣の姿でも、表情の変化はある程度見て取れた。

『それにしても、お前に抱かれれば気が変わると思ったのに、紲も頑固《がんこ》だよな。何がそんなに嫌なんだろ？　淫魔の性質を嫌ってたんだし、人間として生きるのは紲にとっていいことだと思うんだけど……何か言ってたか？』

蒼真の問いかけに、ルイはどこまで答えるべきかと考える。紲を説得するための材料が得られるなら話してもいいと思ったが、本当のところ自分が知り得た紲の情報は、表面的なことであれ内面的なことであれ、自分だけのものとして大事に胸に留《とど》めておきたかった。

「嗅覚がどうとか言っていた。能力の低下が気になるようだな」

『ああ……それは俺も聞いた。まあ、想定内。紲は調香師だし、仕事が好きだからな……けど、それが命より大事とは思えないんだよな。悪魔の嗅覚を失った途端、人間用の香水が作れなくなるってわけじゃないんだし、調香に必要なのは才能以上に訓練だって自分で言ってたのに』

「働かなくても贅沢な暮らしをさせる。能力的に弱くなる分、私が守る」

『そういう問題じゃないと思うけど。紲は俺達と違って人間としても平民だからな……しかも日本人だし働くのが好きなんだ。暇なら寝るとか遊ぶとか、そういう感覚がないみたいで』

ルイは呆れ顔をする蒼真を横目に黙っていたが、実のところ紲の勤勉な性質を理解し、その部分も愛していた。

吸血鬼は豹族のように睡眠時間が特別長いわけではないので、ルイ自身、退屈を恐ろしいと感じる感覚はある。打ち込めるものを失いたくない紲の気持ちも、調香師という仕事に対する姿勢も、十分わかっているつもりだった。けれど悪魔の能力を保たせたまま延命させる方法はなく、ヴァンピールにして傍に置き、他の愉しみを与えてやるしかない。紲が香水を作り続けたいのなら、もちろん可能な限り手を貸すつもりでいる。

『俺の知ってる使役悪魔で、一〇九歳でいきなり死んだ奴がいる。何もなければ普通は一二〇から一三〇なんて言われてるけど、それは平均的な話であって絶対じゃない』

「――お前に言われるまでもない。まして紲は希少《きしょう》な亜種《あしゅ》だ……普通では考えられない事象が起きても不思議ではない」

『そうだな……使役悪魔とは思えないくらい魔力の強い亜種だけど、それが寿命にいい影響を及ぼすとは限らないし、太く短く生きることになるのかもしれない』

「……できるだけ早くヴァンピールにすべきだ。死んでからでは手の施しようがない――」

再び空を見上げたルイは、天井の硝子に映る自分と蒼真の姿を見る。

ヴァンピールにするということは吸血種族に名を連ねるということであり、紲はルイを主とするスーラ一族の眷属になる。ルイの番になろうとなるまいと、それは変わらなかった。

「満月の晩までに紲を説得し、ヴァンピールにする。お前には離縁届を書いてもらうぞ。そうなることは承知のうえで私を呼んだのだろう？」

『――もう書いてあるよ』

「物わかりがよくて結構なことだ。しかしよく手放す気になったな。私には理解しがたい」

『手放すも何も自分の物だと思ったことなんて一度もないし。最初はさ……危なっかしいからとりあえず面倒見てやるかくらいに思ってたけど、今は紲のことがちゃんと好きだから、長く生きて幸せになって欲しいと思う。死んだら絶対会えないけど、生きてればまた会えるしな』

蒼真は首を傾げるようにしながら喉を鳴らし、『会ってもいいだろ？』と訊いてくる。

トスッと前脚の肉球を硝子に当て、ひんやりとするらしいそれに体ごと擦りつけた。

一般的に可愛いとされる仕草で答えを待つ。

「他人の物になっても会いたいのか？」

『お前の物じゃなくて、お前の番になるんだろ。紲と上手くやりたいならそこを履き違えないほうがいいぜ。紲は普通の使役悪魔とはわけが違う、貴族には従うべきだなんて思ってない』

「そんなことは最初からわかっている。ただの赤眼なら興味など持たなかった」

紲が異例の感覚の持ち主なので、ルイも蒼真も紲を特別に扱っているが、本来赤眼の淫魔は貴族間で物同然にやり取りされるのが普通だった。正式に貴族の番になれる者など一握りで、愛人や性奴隷、贈答品にされることが多い。

『――……で、会わせてくれんの？　それ俺にとっては重要なんだけど。まあ、二度と会わせないって言われたところで紲をヴァンピールにしてもらいたい気持ちは変わらないけどな』

蒼真は念を押してきたが、ルイには彼の考えが理解できなかった。他人に奪われて嫉妬《しっと》に狂いながら生き地獄を味わうくらいなら、殺してしまったほうがましだと思うからだ。

しかしそう思っていたところで結局は紲を殺せずに、六十五年間も蒼真と一緒に暮らすことを許してきたという事実がある。おそらく理解とは違う部分で——自分には、紲が存在しない世界を受け入れることができないのだと思った。

「その姿でなら、会いにきても構わん」

ルイが月を見ながら呟くと、蒼真はしばらく間を置いてからプッと吹く。豹でありながら、確かにプッと……黒い鼻から息を抜いて笑った。

『お前ってやっぱズレてる。嫉妬の矛先《ほこさき》を間違えてるぜ、紲はこっちの姿のが好きなのに』

「私はズレてなどいないし、獣人相手に嫉妬などしていない。お前は所詮《しょせん》ペットだ」

『そうだな、毎日モフモフ可愛がってもらってるし』

尾で再び腰を叩かれそうになり、ルイはそれを払い除ける。

見た目以上に硬く肉厚な尾は、一度流されながらもピンと上を向いた。

『とにかく紲を説得してなんとかヴァンピールにしてやってくれ。どうしても早死にさせたくないんだ。ちょっと悔しいけど、お前にしか頼めない』

「頼まれるまでもない」

『あ……そうだ。気分転換に買い物にでも連れていったら？　春先から銀座に行きたがってて、ずっとせがまれてるんだ』

「春先から？」

何十年か前に銀座に行ったことがあるルイにとって、その行き先は不思議ではなかったが、春先という単語が引っかかる。今日は十二月一日——少なくとも半年以上前からということになる。紲の感覚では、それなりに長い気がした。

「一人で出かけるのが危険だと知っていて、何故一緒に行ってやらない」

『人混みが苦手だから。お前と違って本能的欲求を満たしてないんでね。柔らかそうな子供か見るのつらいんだ。そんなわけで紲は買いたい物が溜まってるらしいから、デートに誘ってみたら？　機嫌《きげん》直して少しは軟化《なんか》するかも』

「——お前の指図《さしず》は受けない」

『指図じゃなくて提案かつ貴重な情報提供だろ？　お前、少しは俺に感謝しろよな。だいたいあの招待状を書いたのが俺だって気づいてて乗ったくせに、取り繕《つくろ》う意味なんてあるのか？』

「……っ⁉」

『紲に会いたくて仕方なかったお前には渡りに船だっただろ？　もし本気で騙《だま》されたんなら紲の性格わかってなさ過ぎ。まさかそこまで抜けてはいないと思うけど、実際どうなんだろ？』

蒼真はフッと笑って、ぺろりと伸ばした桃色の舌を見せつける。

そして尾を立てて振りながら、廊下の暗がりに向かって歩いていった。

しゃなりしゃなりと歩く後ろ姿は人を小馬鹿にしているとしか思えず、ルイの中に爆発的《ばくはつてき》な怒りを呼び覚ます。

紲の性格を把握するしないという以前に、ルイは縋るような想いであれを恋文だと信じた。元々百歳の誕生日を機に動きだそうとは思っていたが、紲も同じように考えていてくれたと知って嬉しくて、舞い上がるあまり疑問など抱きもしなかった。

恋は判断力を鈍《にぶ》らせるほど愚かで、そして純粋なものであり、獣人にはわかるまい――そう言ってやりたかったが、価値観の違う相手に何を言っても伝わらないのはわかっている。ただ馬鹿にされて終わるだけだ。

「――っ」

癪《しゃく》なので、ルイは何も言わない。けれど怒りは治まらない。

放出される魔力を抑えようとすると反動で体が動き、拳を硝子に叩きつけていた。

ピシィッ！　と音がして、側面は疎か天井にまで亀裂が走る。

苛立ちながら空を見上げると、月が蜘蛛《くも》の巣《す》に囚われたように見えて、意外にも美しかった。

3

昭和二十年代前半――三十四歳の香具山紲《かぐやませつ》は、関東にある小さな香料会社に勤務していた。

普通に働けるようになるまでの苦労は並大抵のものではなく、それは未《いま》だに続いている。

それでも二十歳を過ぎてからは、自分の体との付き合いかたがわかるようになった。

プロの調香師《ちょうこうし》や香料の専門家の鼻でも、紲の体臭《たいしゅう》を嗅《か》ぎ取ることは不可能――つまり無臭ということになるが、紲自身には自分の体臭やその変化がよくわかる。

ホワイトフローラルブーケと蜜林檎《みつりんご》のような甘い香りは、月の満ち引きに影響《えいきょう》されて増減し、満月の頃になるともっとも強くなった。入浴によっても左右されるため、安全に生活するには人並以上に清潔《せいけつ》にしておく必要がある。

普段は欲情を抑《おさ》えるグリーン・ノート系のローションや香水で肌を覆《おお》い尽《つ》くし、凌辱《りょうじょく》される危険の高い満月が近くなったら、仕事を休んで家に籠《こ》もらなければならなかった。

誰も匂《にお》いを嗅ぎ取れないにもかかわらず、誰もが匂いの影響を受け、男女を問わず毎日毎日、「好き」「愛してる」と迫ってくる。明らかに異常だと自覚していた。

他にも奇妙《きみょう》なことが多々あり、怪我《けが》をした時の傷の治りが普通の人間よりもかなり早かった。

これまで何度も暴行を受けたのに、体のどこにも傷痕《きずあと》が残っていない。しかも殴《なぐ》られて失ったはずの奥歯が、永久歯だったにもかかわらずまた生えてきて元通りになった。それに……思い違いかもしれなかったが、二十歳前後から年を取っていない気がしている。

「……っ、うわ……蜘蛛《くも》の巣《す》っ」

出張で中国四川省《しせんしょう》に来ていた紲は、山間を歩きながら悲鳴を上げた。

足下ばかり見ているうちに、巨大な蜘蛛の巣に頭を突っ込んでしまい、弾力《だんりょく》のあるネットに驚《おどろ》かされる。慌《あわ》てて取り除きながら空を見ると、雲一つない夜空に上弦《じょうげん》の月が浮かんでいた。

――蜘蛛の巣に捕まってるみたいだ……。

芸術的とも言える白銀の巣の向こうに、黄金の半月――なかなか風雅《ふうが》な光景に見える。

美しいと思ったが、その反面、上弦の月を見ると気落ちしてしまった。

これから徐々に自分の体臭は高まっていくだろう。山の中では相手の自制心にも期待できず、人と接触するのが怖かった。戦後間もない中国の山奥に、日本人が一人で来るのは無謀《むぼう》過ぎる行為だ。もちろん好き好んでここに居るわけではない。社長からの交際の申し込みを拒否《きょひ》し続けたせいで、無茶な出張を命じられてしまったのだ。

しかし、それでも会社を辞めなかったのには訳がある。自分の体臭の謎《なぞ》を探るため、そして完全な対処方法を見つけるために、どうしても香りの勉強を続けたかったからだ。

長年勤めれば南仏のグラースに留学に行ける可能性もあり、今はそれが生きる希望になっていた。そもそも体質のせいで少年期に家出をする破目《はめ》になった紬には、まともな学歴がない。頼れるのは類稀《たぐいまれ》な嗅覚《きゅうかく》だけだった。香料の品質検査を行ったり、龍涎香《アンバー・グリス》や沈香《じんこう》などの高級天然香料を収集したりと、会社にとって利益になる仕事をしている自負はある。

『――誰か、近くに居るのか？　俺の声が聞こえるか？』

テントを張る場所を探していると突然、どこからか声が届く。若い男の声で、中国語だった。香料の取引に最低限必要な会話のみを暗記している紬は、聞き取ってしばらく経ってから、どうにか内容を推測《すいそく》する。筆談ならともかく、覚えていない中国語を耳で聞いて理解するのは難しかったが、誰かが自分に話しかけているのは間違いなかった。

しかし周囲を見渡しても人の気配はない。

あるのは夏の夜空に向かって高々と伸びる草木ばかりで、鼻が相当によくなければ来た道がわからなくなってしまいそうなほど生い茂《しげ》っている。

紬は高価なトンキンムスクや沈香、夜香木《やこうぼく》、月下香《チュベローズ》や甘草《かんぞう》のサンプルを詰め込んだリュックを下ろし、「誰か居るのか？」と自分から訊いてみた。つい日本語を使ってしまい、中国語ではなんと言うんだったかと考えていると、『日本人か？』と、日本語で訊《き》かれる。

その途端、紬は謎の声を耳から聞き取っていないことに気づいた。

中国語だった時は内容を理解することに気が行ってしまったが――よくよく考えると、声は頭の中に直接届いている。周囲を見渡す気が起きなくなるほど明確に、そう感じられた。

『赤眼の淫魔《いんま》か……近くに居るなら来い。手を借りたい』

再び聞こえてきた声は、やはり頭の中に直接響《ひび》く。流暢《りゅうちょう》な日本語だったが、紲には意味がわからなかった。手を借りたいというわりには命令形で些《いささ》か戸惑《とまど》うものの、不思議《ふしぎ》な現象《げんしょう》が気になって歩きだしてしまう。

声がどの方向から聞こえるという実感はないのに、何故《なぜ》か足が南に向かっていた。それもまた不可解《ふかかい》な話だった。南側に何かがあるわけではなく、むしろ東側のほうが開けていて歩きやすい。けれどなんとなく……本当になんとなく、足が南に向いた。

『建物が見えてきたか？』

「……っ、あ……ああ、建物は見えないけど……灯《あか》りが見えてきた」

『俺はその中に捕《と》らわれてる。何ヶ月も飲まず食わずで……力が出ない……』

「何ヶ月もっ⁉　アンタはいったいなんなんだ⁉　これはいったい、どうなってるんだ？」

『その口の利き方……俺が何者かわからないなんて妙《みょう》な奴だな。俺は豹族《ひょうぞく》の長、李蒼真《リーツァンチェン》だ』

「豹？　リー……ツァン……チェン？」

『ソウマでいい。お前の名は？』

「……香具山、紲……」

『紲か、いい名前だな』

紲は「どうも」と答えて先を急ぐ。

大きなリュックが重かったが、山の中に見える灯りを目指して先を急いだ。

何がなんだかまったくわからないものの……捕らわれて何ヶ月も飲まず食わずという言葉を聞いて自然と足が早まった。紲自身も何度も監禁《かんきん》されたことがあるので、藁《わら》にも縋《すが》りたくなる気持ちは理解できる。もしかしたら、蒼真《そうま》という何やら身分の高そうな男の念が高じて、こういった人知の及《およ》ばない力が働いているのかもしれない。いずれにしても助けを求められている以上、自分にできることはしなければならないと思った。

──あんなに遠くに居たのに、俺の声が聞こえてたってことか？

紲は木々に隠《かく》れるように建つ屋敷に辿《たど》り着き、元々居た場所を振り返る。

傾斜した森は月光を受けてもなお暗く、鬱蒼《うっそう》としていて先が見えなかった。

『屋敷の中には武器を持った男が四人居る。お前が誘惑《ゆうわく》して殺し合わせろ。直接手を下したいところだが、俺が殺《や》ると後始末《あとしまつ》が大変だからな』

「……え？」

『それだけの力があれば簡単だろう？』

脳に直接声を届けてくる謎の男の命令に、紲は屋敷を前にして足を止める。

蒼真という男が何故自分の特異性を知っているのか……それはこの際置いておくにしても、殺せと言われると身が竦《すく》んでしまう。誘惑できるかどうか……それについては可能だと思った。

何故かわからないが、性別や性癖《せいへき》とは無関係に、誰もが自分に欲情する──自惚《うぬぼ》れではなく、いっそ誰からも嫌われてしまいたいくらい疎《うと》ましくなる事実だった。

殺し合わせろという言葉通りにすることも、さほど難しくはない。自分を巡《めぐ》って勝手に殺し合った人間は、数え切れないほどいた。紲が過去に監禁場所から逃げだすことができたのも、監禁者以外の人間に「助けてくれたら好きなだけ抱かせてやる」と囁《ささや》いたからだ。実に不本意だが、独占欲《どくせんよく》を刺激《しげき》すれば諍《いさか》いを起こすのは簡単だった。

「殺すなんて……できない。外に、おびき寄せるくらいなら……なんとか……」

『貴族の命令に逆らうなんて、本当に妙な奴だな。俺は鉄の檻《おり》に閉じ込められているうえに、力がまるで使えない。おびき寄せるだけでは無意味だ』

自分を貴族だと語る横柄《おうへい》な男は、『仕方ない、俺が殺るから拘束《こうそく》だけ解《と》いてくれ。裏口から入ってきて檻の鍵《かぎ》を開けるんだ』と指示してきて、裏口の場所を説明し始めた。

わけがわからないうえに、見ず知らずの男に何故命令されなければいけないんだろう……と不満を抱き始める紲だったが、裏腹に膨《ふく》らんでいく期待と興奮《こうふん》がある。

この声の主は何か特別な能力を持っていて——他者を誘惑してしまう自分の匂いについて、何かしらの答えを与えてくれる予感がした。もしもそうなら、これは千載一遇《せんざいいちぐう》のチャンスだ。

「……裏口らしき扉《とびら》があった。ここを開ければいいのか？」

『男達は酒を飲んで賭《か》けをしてる。距離はあるから静かに開ければ気づかれない』

紲は「わかった」と言いながら、建物の裏側にある小さな扉を開ける。

一見すると旅館風の屋敷《やしき》は古びていたが、かつては本当に旅館か何かだったらしく、看板を外した痕跡《こんせき》があった。常に鼻に頼って生きている紲は、豚《ぶた》や鶏《にわとり》の血肉が放つ臭いと、白乾児《バイカル》の酒気を感じ取る。暗い廊下《ろうか》に一歩足を踏み入れると、複数の人間の体臭も感じられた。

清潔にしているとは言えない男が、確かに四人居るのがわかる。

それとは別に、茉莉花《ジャスミン》に近い匂いがした。しかし茉莉花そのものではない。霊猫香《シベット》やオレンジフラワーウォーターに近い物を混ぜ合わせたような、嗅《か》いだことのない複雑な香りだった。

紲には四人の男と自分の位置がどの程度離れているのかだいたいわかり、恐る恐るながらも廊下を進んでいく。退路を確保するため裏口の扉は開放したまま、蓋《ふた》つきのゴミ箱で固定しておいた。その上にリュックを置いておく。

——大丈夫だ……相手が動けば臭気でわかる。体臭のきつい連中だから、楽勝だ……。

紲は廊下の先にある扉を見ながら、一歩一歩進んでいく。扉の形に沿って光が漏れており、その先に体温の高い動物が居ることがわかった。

動物の体から茉莉花の香りがしている気がする。同時に、鳥獣《ちょうじゅう》の肉や血の臭いもした。

——茉莉花に似た香りのする……肉食獣《にくしょくじゅう》？

姿は見えなかったが、与えられている餌《えさ》の臭気から食餌量《しょくじりょう》を察するに、かなり大きな肉食獣ではないかと思えてくる。人間四人の居場所は遠かったが、扉を開けるのは躊躇《ためら》われた。

『すぐそこに居るな？』

「……あ、ああ……たぶん……」

『奴らは隣の部屋に居る。その扉を開けても平気だ』

頭の奥に聞こえてくる声に頷《うなず》き、紲はごくりと喉《のど》を鳴らしてから把手《とって》を摑《つか》む。

鉄板が打ち込まれた扉は軋《きし》んだが、できるだけ音を立てないよう少しずつ開けると、二十畳近くある部屋が見えた。そこには金属製の巨大な檻が置かれ、近くには無数の水桶《みずおけ》が転がっている。遠い壁《かべ》には鞭《むち》と鍵がかけられており、焼き鏝《やきごて》らしき物まであった。

「——っ、ぁ！」

扉の隙間《すきま》から室内に体を滑《すべ》り込ませた紲の目に、一頭の豹の姿が飛び込んでくる。

大型の肉食獣が居ることは察していたにもかかわらず、息を呑まずにはいられなかった。

黄金の被毛に黒や茶の斑紋《はんもん》が入った体長二メートル足らずの獣《けもの》は、疲労困憊《ひろうこんぱい》した様子で伏《ふ》せている。それでも目力は強く、一目見て普通ではないとわかる目の色をしていた。まるで濃いアメジストのような紫色で、水銀を混ぜたかの如《ごと》くぎらりと光っている。

檻《おり》の中には飲料水と、鶏の血の臭いが付着した餌入れがあった。周囲の状況からして拷問《ごうもん》を受けていたのかと思ったが、何故か怪我《けが》一つしていないうえに、獣の臭いがまったくしない豹だった。体臭は茉莉花に近い芳香で、体は筋骨隆々《きんこつりゅうりゅう》としていて実に美しい。

『力のわりに随分《ずいぶん》と可愛い淫魔だな。華奢《きゃしゃ》な美人だし、男色貴族垂涎《すいぜん》の性奴隷《せいどれい》って感じだ』

「……っ……性、奴隷？」

『まあそんなことはいい。向こうの壁にかかってる鍵を取って檻の扉を開けてくれ。腹が減り過ぎて普通の豹並《ひょうなみ》の力しか出せない。情けないけど、自力じゃ出られないんだ』

まさかと思い、紲は部屋中を天井に至るまで見渡した。裏口へ続く廊下も顧《かえり》みる。

しかし豹以外に生物の存在はなく、隣の部屋から四人分の体臭を感じるだけだった。

もっと大勢の人間が出入りした形跡《けいせき》はあるものの、建物の中に今居るのは、おそらく四人と一頭だけ――そうなると、この声の主はやはり豹ということになる。

――……さっき、豹族とか言ってたけど……まさかそんな……。

紲は動物園に初めてきた子供のように立ち尽くし、豹と目を合わせた。

ここは中国の山間部で、何が起きてもおかしくないような雰囲気《ふんいき》の場所ではある。

それにどんな人間でも欲情させる呪《のろ》われた体臭の持ち主がここに存在するのだから、人間の言葉を操《あやつ》る豹が存在しても不思議ではないのかもしれない。

「……鍵……開けても、咬《か》まないか?」

紲は壁に近づいて鍵を手に取り、小声で訊いた。

すると豹はフンッと鼻を鳴らし、『お前を咬むわけないだろ』と頭に話しかけてくる。

「隣の部屋に居るのは、悪い奴らなのか?」

『悪いなんてもんじゃない。二十人の密猟団《みつりょうだん》を結成し、俺の子を皆殺しにして毛皮を剝《は》いだ』

「……っ、子供を?」

『俺は紫の眼だったから生かされて、異国の金持ちに売られるらしい。そのうえ傷がすぐに治るのがバレたから、伝説の獣人《じゅうじん》だと疑われて変身を強要されてるわけだ。そのほうが高い値がつくだろ？』

豹の話を聞くなり、鍵を握っていた紲の手は慌《あわただ》しく動きだした。

夢でも見ているのかと疑いたくなる状況に戸惑ってはいたが、この豹が嘘《うそ》をついたり自分に危害を加えたりするとは思えない。それに人間の素行というのは体臭にある程度表れるもので、隣の部屋で賭け事をしている男達が清い人間ではないことは感じ取れた。

ガシャンと音がして、檻に取りつけられた錠前《じょうまえ》の一つが外れる。

思いの外《ほか》大きな音だったので焦ったが、紲はそれをなんとか外して床に置いた。ずっしりと重く、持つなり膝《ひざ》ごと沈《しず》みそうになるような鍵だった。

檻には合計四つの鍵がかけてあり、紲は隣の部屋の喧騒《けんそう》を気にしながら次の鍵も開ける。いちいちガシャンと、どうしても大きな音がするので、その度に肝《きも》を冷やした。

『まずい……男の一人が用足しに行くと言いだした』

「……っ⁉」

『裏口から外に出るってことだ。こっちに来るっ、誘惑できるか？』

「や、ぇ……そんな……っ、誘惑って言われても」

『できないなら早く鍵を開けろ！　撃《う》たれるぞっ』

鍵は残り二つ。けれど焦ったせいでどれがどの鍵かわからなくなってしまった。それぞれに書かれている数字を合わせて開ければいいのだが、三と書かれた鍵と他の鍵を一緒に握ってしまう。どうにか三の鍵を摘《つ》まんで鍵穴に差すものの、これまでの二つのように上手く回らない。

「誰だっ⁉」

隣の部屋の扉が開き、大柄で太った男が飛び込んできた。皮なめしの溶剤の臭いと、動物の肉と酒の臭いが強い。同時に他の男も流れ込んできて、早口な中国語で怒鳴り散らした。

「……っ、あ……あの……俺は……」

男達は猟銃《りょうじゅう》を手にしていたが、紲が豹のすぐ近くに居るせいか、撃ってはこない。

これまで、凌辱されても殺されそうになったことはない紲は、絶体絶命の状況で自分の力に頼ろうとした。殺されるより犯されるほうがましだとは思っていないが、上手く立ち回れば性行為に及ばずに人を操れることもある。

「――っ、ぅ」

しかし問題は言葉だった。日本人が相手なら、一番強そうな男に向かって「俺をアンタだけの物にして」と囁けばいい。それだけで必ず争いが起こり、隙《すき》を見て逃げだせる場合もある。けれどそれを中国語でなんと言うのか――焦燥《しょうそう》もあってますます何も浮かばない。

『何やってんだっ、早く変容しろ！　尻尾《しっぽ》で締め上げてやれ！』

豹の声が頭の中に響いたが、日本語でも意味がわからなかった。

そうしているうちに四人の男達が檻の向こう側から駆け寄ってくる。

口々に何か言っているが、単語一つまともに聞き取る余裕がない。

それでも彼らに自分の匂いが効いているのは、血走った目を見てわかった。欲情して鼻息も荒くなっており、舌なめずりしている。

「やめろ……っ、うぁ……！」

男達は銃器やナイフを放ると、素手で摑みかかってきた。

紲は回し切れなかった鍵から手を離して逃げるしかなくなり、開けっ放しの扉の奥にある裏口に向かう。シャツの袖《そで》を引っ摑まれていたが、破《やぶ》れようと引っ掻《か》かれようと必死に逃げた。けれど暗く細い廊下に踏み込んだ途端《とたん》、再び捕らえられてしまう。

「やめろ！　俺に触るなっ!!」

日本語と中国語が入り混じり、卑猥《ひわい》な印象の怒鳴り声が轟《とどろ》いた。

言語としては理解できなくとも、こういう場面でどんな言葉が放たれているかは過去の経験から推測できる。無骨《ぶこつ》な手が伸びてきて、我先にと手足や髪を摑んできた。紲は服のボタンを飛ばされながら石床の上に突っ伏させられ、廊下から檻のある部屋へと引き戻される。

「やめっ、嫌だ……やめろ！」

ズボンに手をかけられた瞬間、後方からドゴォン！　と轟音《ごうおん》が響いた。

豹が錠前二つになった檻の扉に前脚を叩《たた》きつけており、頭突きや体当たりを繰り返す。

しかしそんな状況であるにもかかわらず、男達は振り返りもしない。紲の服を脱がせて組み敷くことに夢中になっており、紲だけが檻の中を見ていた。

「――……っ、あ……ぅ、ぁ……！」

信じられない物が――あまりにもありえない物が目に映る。

自分を押さえつける男達の向こうで、檻の中の豹が突如《とつじょ》姿を変えた。

体毛が体の中に引き込まれるように消えていき、脚の長さや太さがたちまち変化する。

ほんの二秒か三秒……おそらくそれくらい短い間の出来事だったが、まるで何枚もの写真を連ねて見ているような感覚だった。豹の体が人間の姿に変化する様を克明《こくめい》に捉《とら》えた紲の目に、今は黒髪の青年が映っている。全裸で体格のよい、整った顔の青年だった。

――……豹が……人間に……っ！

男達の暴行は続いており、紲は四肢を動かして暴れ続ける。殴られて顔も手足も痛かったが、それでも視線は檻の中に釘《くぎ》づけだった。青年が自ら鍵を回して錠前を外していく様子を、目を剥《む》いて凝視《ぎょうし》せずにはいられない。彼は檻の内側から一つ二つと施錠《せじょう》を解き、重たい錠前を床に放り投げた。当然大きな音がして、男達が遂《つい》に振り向く。

「――っ！」

響動《どよ》めきが起きたその時、紲の鼻腔に新たな匂いが引っかかった。

ここには男達が放つ悪臭と、茉莉花系の芳香が混在していたが、別の香りが風に乗って割り込んでくる。この場には酷《ひど》く不似合いな、ムスク？　いや、違う……これは……！

——……ローズ・ドゥ・メ……と、ローズ系香料に近い香りだった。

半裸《はんら》にされながらも香りに気を取られた紲は、檻の中の青年から視線を逸《そ》らす。

そして裏口に顔を向けると、月明かりの中に人影《ひとかげ》が見えた。黒いマントが揺れている。

屈《かが》まないと裏口の扉を通れないほど背の高い男——ぞくんっと血を騒《さわ》がすばかりに魅惑的《みわくてき》な香りを纏《まと》った男が、建物の中に入ってきた。

——なんて……なんて官能的《かんのうてき》な匂い……凄い、血の色をした……冷温の薔薇《ばら》……！

そんなイメージが湧き、紲は長身の男のシルエットに目を奪われる。

騒ぐ男達に手足を踏みつけられたが、痛覚よりも嗅覚《きゅうかく》に意識が行っており、それほど痛みは感じない。麻酔《ますい》をした後で、衝撃《しょうげき》だけを客観的に捉えているような感覚だった。

「！」

背後で檻の扉が開く音がすると同時に、廊下を進んでくる長身の男の左手から何かが飛んでくる。

その直前、男は右手で自分の左手の四指を擦る仕草を見せていた。

指先から飛んできたのは赤い鳥のような物体で、四人の男の顔に直撃する。

それが真紅《しんく》の蝙蝠《こうもり》だと気づいた時には、血と薔薇の匂いを感じ取れた。

「ぎゃあああああ——っ‼」

悲鳴は中国語でも日本語でも大して変わらず、男達は顔を押さえてのた打ち回る。

赤く小さな蝙蝠は彼らの目を直撃して潰《つぶ》れ、液体に姿を変えるなり白眼を真っ赤に染め上げながら眼球を覆い尽くした。

彼らが毒《どく》にでも侵されたように苦しみだしたその時、背後から獣の唸り声が聞こえてくる。

勢いよく振り返った紲が目にしたのは、檻の外に居る豹の姿だった。

全裸の青年は姿を消しており、豹が石床を蹴《け》って男達に襲《おそ》いかかる。

あまりの速さに、一瞬何が起きているのかわからなかった。

ただ、耳と鼻は現実に起きていることを明確に感じ取る。

皮膚《ひふ》や筋肉が引き千切られ、骨が砕かれ、血が噴《ふ》きだす音、むせ返るような血肉の臭《にお》い――

断末魔《だんまつま》の声が屋敷中に反響する。

「ひっ、ぁ……ぁ、ぁ……っ！」

悲鳴が喉の辺りで燻《くすぶ》って、まともな声など出てこない。

豹が言っていた、『飲まず食わず』の意味がわかった気がした。

しかしわかったところで恐怖心は止まらない……むしろ余計に増していく。

戦時中は老人ばかりの寒村《かんそん》に身を潜《ひそ》めていた紲だったが、それでも夥《おびただ》しい数の戦死体を見たことはある。自分と関係した殺し合いも数多く目にしてきた。けれどいくら見ても慣れることなどなく、肉食獣の人間狩りと阿鼻叫喚《あびきょうかん》を前に、がたがたと震《ふる》えてしまった。

「そこの淫魔、私に摑まれ」

目を閉じたくても瞼《まぶた》一つ自由に動かせなかった紲は、蝙蝠を飛ばした男から声をかけられる。

こんな状況でも、やはり薔薇の香りにどきりとした。

内臓や血の飛び散る生臭い環境を、朝摘《あさづ》みのオールド・ローズと高級ムスクの楽園に変えてしまうような、圧倒的な力のある香気に縋《すが》りつきたくなる。今後一切、他のどんな匂いも要らない……嗅ぎたくない——この男が発する香りだけを、細胞に染み込ませるように嗅ぎ込んで、全力で吸収したい……そう思った時にはもう、黒マントに包まれた体に縋っていた。


紲は男の香気にばかりに気を取られていて、彼の顔を見る余裕がなかった。

気づいた時には湖の辺《ほとり》にいたが、最初に居た場所は湖の近くではなかったはずで、いったいどうやってここまで来たのか思いだせない。

自分を軽々と抱き上げ、半裸の体を黒いマントで包み込むようにして連れだしてくれた男に、本能的に身を委《ゆだ》ねていた。助けてくれたからというよりも、彼が堪《たま》らなく好みな香りを放っているから——この人は安全だと体が察している。

嗅覚が感じ取る生理的な好悪は、生物にとって非常に重要なものだった。体臭を嗅いで酷く不快だと感じる人間とは相性が悪く、努力しても上手くいきにくい。

逆に堪らなく惹《ひ》かれるなら、それは生物として相性がいいということだ。

「日本語を話していたようだが、日本人か?」

半月が映り込む湖の前で下ろされた紲は、香気と同様ぞくっと心震わされる声で囁かれる。

地の底から響かんばかりの低さだったが、一度聞いたら忘れられない美声だった。

「あ、ああ……日本人だ」

男は自分を抱きながら、人間離れした速度で森を駆けていたように思う。それに、指先から四羽の赤い蝙蝠を出して……それらが血液に変わった瞬間も確かに見た。けれど何故か怖くはなかった。豹が人間に変身するところや、また豹に戻って人間を喰い千切る衝撃的なシーンを間近で見てしまったせいかもしれない。悪夢のようなことが続き過ぎて、いまさら少しくらい奇妙なことが起きても驚かない気がした。

「あの、アンタは?」

「――……アンタ?」

助けてくれたうえ初対面の人間に、アンタはないだろうと思いながらも、紲は言い直さずに破れたシャツの胸元を寄せる。学はないが、一応社会人なので敬語が話せないわけではない。

しかし少年期から延々と性的な被虐対象《ひぎゃくたいしょう》として脅《おびや》かされてきたため、大人と見れば警戒心《けいかいしん》を剝きだしにし――それどころか敵意を向けて、少しでも嫌われようとしてしまう癖《くせ》があった。

「……っ、ぁ……!」

月光が当たった男の顔を、紲はようやく目にした。

思わず声を漏らしてしまうほど美しい男で、開けた口をしばらく塞《ふさ》げなくなる。

雪のような肌と漆黒《しっこく》の髪、高貴な紫色の瞳――ギリシア彫刻《ちょうこく》に命が吹き込まれたのかと思うほど綺麗《きれい》な顔は、筆舌《ひつぜつ》に尽くしがたい薔薇の香気と完璧に一致していた。ここまで美しい人間がこの世に存在するとは到底思えず、目を疑って何度も瞬《まばた》きしてしまう。

「す、凄い……綺麗な顔……してるんだな、人間じゃないみたいだ。それに薔薇の香りがする。これ、香水じゃないよな？　アンタの体臭なのか？　奇跡《きせき》みたいな匂いだ」

「私に向かってその口の利き方……赤眼とは思えんな、なかなか興味深い」

彼は口角を少しだけ持ち上げて笑い、紲は新たに目にした表情に心を掴まれる。

ただ見つめているだけで、心臓がひっくり返ったような音がした。

「――……あっ、その……赤眼ってなんなんだ？　さっきの豹も言ってた」

「使役悪魔《しえきあくま》のことだ。成人でありながら覚醒《かくせい》もしていないのか、珍《めずら》しいな」

黒いマントを身に着けた長身の男は、珍獣《ちんじゅう》でも見つけたように自分をまじまじと見てくる。

使役悪魔に赤眼に、淫魔に覚醒……本当に彼らは日本語を喋っているのだろうかと首を傾《かし》げたくなるほど謎めいた単語の数々に、紲は困惑していた。

しかし聞けば聞くほど胸が高鳴って、期待に満ちていく。

長年自分を責め苛《さいな》んできた匂いの謎が解けようとしている。それはもう予感ではなく確信に近い。漠然《ばくぜん》と、自分は普通の人間よりも彼らに近い存在だと感じていた。

「日本語で言うなら、お前は悪魔だ。魔族や魔物、怪物《かいぶつ》や悪鬼《あっき》でもいい。その中の淫魔という種族の使役悪魔で、性フェロモンで人間を誘惑し、性分泌液《せいぶんぴつえき》を摂取して生きるタイプだ」

「……淫魔？　え、性……フェロモン？　使役とか……なんか全然わからないんだけど……」

「人間との混血悪魔は、大別して二種類いる。紫の眼を持つ貴族悪魔と、赤い眼の使役悪魔だ。お前は後者の亜種《あしゅ》だな。使い魔と言えばわかりやすいか？」

「つまり俺は……身分の低い悪魔ってことか？　けど俺、赤い眼じゃない……茶色だ」

「変容すれば赤くなる。私が覚醒の手助けをしよう——そのほうが生きやすいからな」

紲は何度か瞬きを繰り返しながら、赤い眼になった自分を想像してみる。

それはきっと人間離れしたものに違いなく、無事に帰国できるのか不安になった。

「眼が赤くなったら、日本に帰れなくなるんじゃ……」

「人間にも戻れるから心配ない。しかし本当に何も知らないのだな……本来、悪魔は生まれた瞬間から自分がいつか悪魔になることを認識しているものだ」

「そう……なのか？　生まれた瞬間からって凄いな」

「それを隠しつつ育ち、二次性徴《せいちょう》を迎えると覚醒して変容可能になる。使役悪魔は貴族悪魔に仕えるために生まれたという意識を最初から持っているものだが……お前は悪魔から生まれたわけではないために、そういった遺伝子《いでんし》の記憶を受け継いでいないようだ」

男が何を言っているのか、半分わかったようなわかっていないような心持のまま、紲は半ば呆然と立ち尽くしていた。背中にはマントごと彼の手が添えられ、妙に冷たくて肌が驚いたが、気持ちは彼の唇に集中している。次に何を言われるのか、怖くもあり待ち遠しくもあった。

「悪魔は皆、貴族悪魔と人間の女の間に生まれるが、ごく稀《まれ》に生涯《しょうがい》人間のまま過ごして子孫を残す者が現れる。その場合悪魔の遺伝子は眠り、何代かしてから突然目覚めることがある——そうして生まれるのは型破りな亜種で、使役悪魔であっても魔力がやたらと強い場合が多い」

「——……俺が、それだと？」

「何代前かは不明だが、お前の先祖が淫魔なのは間違いない。自覚もなしにそれだけ強い力を持っていたのでは、さぞや苦労も多かったことだろう……これからは私を頼るといい」

紲は彼にそっと抱き締められ、急な抱擁《ほうよう》に戸惑う。

淫魔というものがどういうものなのか、なんとなく理解して、絶望すべきなのだろうと思う気持ちもあったが、その前に救いの手を差し伸べられた気がした。

「もう何も心配は要らない。これまでの試練は宿命的なものであり、お前のせいではないのだ。先祖返りの魔族であることを幸運にするも不運にするも、これからの生きかた次第——」

何を言われても、絶望している部分はあった。けれどどちらかといえば、納得して清々《せいせい》している面が大きい。こうして自信のある口調ではっきりと説明されることで、「ああ、やっぱりそうだったか……」と思えたのだ。

実際にこうなってみるとよくわかったが、紲は三十四年間生きてきて自分が普通の人間ではないことを思っていた以上に濃厚《のうこう》に疑っており、その答えが欲しかったのだ。

他人を異常に狂わせる匂いが偶発的《ぐうはってき》に与えられた能力で、自分が悪いわけではないのだと、誰かに許して欲しかった——。

「……ぁ……っ」

紲は自分を抱き締めてくる男に密着しながら、不意に意外な事実に気づく。

彼の股間《こかん》が別段変化していなかったのだ。それは紲にとって、非常に珍しい出来事だった。

こんなふうに身を寄せてくる男は頻繁《ひんぱん》に現れたが、誰もが股間を張り詰めさせ、息を荒げて欲情していた。それが普通だった。けれどこの男の吐息《といき》は静かで、体も昂《たかぶ》ってはいない。それどころか体温も極めて低い。ただ、心臓だけはドクドクと騒がしく鳴っていた。

「あの……っ、なんで……」

なんで欲情してないんだ？　とは訊きにくく……それでも訊いてみたくて、抱き締められた状態のまま目線だけで問いかけてみる。どうやら通じたらしく、男は軽く苦笑した。

「私は吸血鬼《きゅうけつき》と呼ばれる種の貴族悪魔だ。貴族に使役悪魔の魔力は効かない。お前の体からは蜜林檎《みつりんご》と花のような香気が漂っているが、いい香りだと思うだけだ」

「っ、俺の匂いが……わかるのか⁉　香りのプロに聞いても無臭だって言われたのにっ」

「悪魔の体臭は悪魔の嗅覚でしか感知できない。吸血鬼は薔薇の香りがすると言われているが、お前には感じられるか？　自分ではよくわからないのだが……」

紲は無心で首を縦に振り、彼の首筋に鼻を近づける。

嗅いでもいいと言われたも同然な状況を利用して、ここぞとばかりに思い切り吸い込んだ。

自分の体に群がる狂気《きょうき》染《じ》みた人々のような勢いで、彼の香気に酔いしれる。

この世のものとは思えない魅惑の香りを、瀟洒《しょうしゃ》なデザインのクリスタルの小瓶《こびん》に閉じ込めて

いつでも嗅げたら……どんなに苦しい時でも至上《しじょう》の楽園に逃避《とうひ》できる気がした。

香料会社に勤めて、天然香料の仕入れ担当と調香師を兼任しつつ、商業的なコストや香料の在庫状況に合わせて香水を作ってきた紲だったが、今——魂《たましい》が燃えるような情熱を以《もっ》て香水を作りたいと思う。奇跡としか思えないこの男の香りを、自分の手で再現してみたかった。

「——夢みたいな香りだ……官能的で胸がドキドキして、はちきれそうになる」

「私も何故か胸が騒いで熱い。お前の力は効かないはずなのに、妙な現象だな。使役悪魔に生《なま》意気《いき》な口を叩かれるのが新鮮過ぎて興奮してしまったのだろうか？　それとも、お前がとても可愛いらしいからだろうか？」

「……っ、可愛い？　俺……二十歳そこそこと間違えられるけど、三十四なんだけど……」

「私は二百歳を越えている。それに東洋人は若く見えるからな、私の目には少年のように映る。何より自分の意思があって生き生きとしていて、何を言いだすかわからなくて面白い」

紲はしっとりと囁く彼に手を握《にぎ》られ、指を絡められる。

手は冷たかったが、上等な三つ揃《ぞろ》えを着た彼の体は大きく脈打っており、心臓だけが温かく感じられた。けれど股間は昂っていない。紲にはそれが堪《たま》らなく嬉《うれ》しくて、顔が火照《ほて》った。

「俺に……欲情しない男なんて……初めてだ」

「堪《こら》えているだけかもしれないぞ。現に今、お前が亜種でよかったと思っている。どの淫魔の一族にも属さず主を持たない亜種なら、誰に引き渡す必要もないからな」

「そう……なのか？」

「とても愛くるしく、よい物を見つけた。中国まで来た甲斐があったな」

「――……っ、ぁ」

男にしては赤い唇が、こめかみに当たってチュッと音を立てる。

仔猫《こねこ》を拾ったような反応だと思ったが、少しも不快には感じなかった。

性的に興奮していない大人に優しくされ、大切にされている感覚が懐《なつ》かしくて擽《くすぐ》ったい。

彼は同性で、二百歳を超えているとも吸血鬼だとも言っており、体温も異様に低かったが、正直そんなことはどうでもよく……このままずっと包み込まれていたかった。

「俺の名前は……香具山紲。日本の香料会社に勤める会社員だ。アンタは？　あ……貴族には敬語で話さなきゃいけないのか？」

「ルイ・エミリアン・ド・スーラだ。私に対して他の赤眼と同じような接しかたをする必要はない。それではお前ならではの面白味がなくなってしまうからな、自由にしていろ。生意気なことを言っても、我儘《わがまま》を言っても構わん」

フランス人と思われる名前の彼は、さらに強く自分を抱き寄せて髪を撫《な》でてくる。

普段ならば気持ちが悪くて耐《た》え切れず、性行為を強要されるのを恐れて鳥肌を立てるところだったが、拒絶反応は起きなかった。

ここは四川省の山間に違いないのに、彼と密着して話していると、調香師の聖地《せいち》グラースにでも居るような気分になれる。それどころか天上の楽園を容易《ようい》に想像できた。取り囲む山々の緑が、真紅の薔薇へと塗り替えられていく。

「じゃあ……そうする。アンタ、心が広くて……いい人だな」

「そんなことを言われたのは初めてだ。そう言うお前はとても勇敢《ゆうかん》な淫魔だな。自分の素性《すじょう》も戦いかたも知らないのに、私の幼馴染《おさななじみ》を助けてくれたのだろう？　心から感謝するぞ」

「それって、あの豹のことか？」

「あれも貴族悪魔だ——蒼真という。我が子を皆殺しにされた怒りで我を失い、人間に長期間捕まっていたらしい。いずれ順を追って説明するが、我々を束《たば》ねる女王が千里眼《せんりがん》を持っているため蒼真の窮状《きゅうじょう》に気づき、救出のために私が派遣されたのだ」

ルイはそう語りながら、体ごと後ろを向く。

視界が開けて、同時に茉莉花系の香りと生々しい血臭が鼻を掠《かす》めた。

森の木々がざわめき、月光の下に一頭の巨大な豹が現れる。

その口には紲のリュックをくわえていた。

『──なんだ男同士でくっついて……頭がどうかしたのか、ルイ』

「遠路はるばる海を越えて助けにきてやったというのに、随分《ずいぶん》な挨拶《あいさつ》だな」

『お前が男に興味を持つとは思わなかった。無駄《むだ》なセックスなんかする意味あるのか？』

頭の中に直接話しかけてくる豹は、冷めた口調で言うなり荷物を下ろす。

そして目に焼きつくようなフォームで湖に飛び込み、ジャプジャプと体を洗い始めた。

薄暗くてよくわからなかったが、珍しい光景に目を瞠《みは》っているうちに、豹の体は人間の姿に変わる。東洋人の健康的な肌色を持つ、体格のよい美青年に変容した。

「そこの淫魔……紲だっけ？　リュックに石鹸《せっけん》が入ってるみたいだけど貸してくれる？　もう何ヶ月もちゃんと洗ってなくて気持ち悪い」

「……あ、ああ……」

豹が喋ろうと人間になろうと、もう驚きも恐れもしない……そう自分に言い聞かせながらも衝撃が抜け切れていない紲は、ルイの腕からすり抜けて慌《あわただ》しくリュックを開ける。

思った以上に先程の恐怖体験の影響が残っていたようで、指先が強張って思い通りに動かせなかった。石鹸一つ取りだすのに随分と時間がかかる。

それでもようやく自作の石鹸を摑んで湖に向けて放り投げると、蒼真は「謝謝《シェシェ》」と言いながら受け取った。

淡々《たんたん》とした喋り方や表情からは、子供を皆殺しにされた親の絶望は伝わってこない。けれど水で濯《すす》いでなおこびりついている血の臭いが、彼の激しい怒りと悲しみを物語っているように感じられた。


血塗られた夜から三日が経ち、紲はホーネット教会が所有する四川省の屋敷に居た。

蒼真は教会の掟《おきて》により密猟団の残党に報復することができず、その件でルイと揉めていたが、結局観念して木の上で過ごしていた。たまに人間になってもぼんやりと外を眺《なが》めてばかりで、声をかけられるような雰囲気ではない。

状況的にそっとしておいたほうがいいと判断した紲は、ルイに求められるまま一日中ルイと二人きりで過ごし、瞬《また》く間に親密な仲になった。

日没後に遠乗りに連れていってもらったり、香料採取に付き合ってもらったり、ホーネット教会の存在や掟、使役悪魔として最低限知っておかなければならないことなどを丁寧《ていねい》に教えてもらい、日中は共に眠った。ルイは性的な接触を何も求めてこないのに、自分に対して本当に好意的で、常に傍《そば》に置きたがる。二十年以上も性の被虐対象だった紲には、彼の与えてくれる優しさのすべてが夢のようだった。

そして、彼が連れていたスーラ一族の使役悪魔と接したことで、自分のことを面白がる彼の気持ちが理解できるようになった。使役悪魔達が皆、揃いも揃ってルイを崇《あが》め奉《たてまつ》り、他種族の貴族である蒼真のことも敬《うやま》っていたからだ。

最初は人間の主従関係をイメージしていた紲だったが、悪魔の主従関係には裏切りや下剋上《げこくじょう》などは絶対にありえず、人間とは根本的に違っていた。生殖能力《せいしょくのうりょく》を持つのは貴族だけ、寿命も十倍――女王蜂《じょおうばち》と働き蜂ほどの格差が、完全なる主従関係を形成しているのだ。

つまり貴族悪魔が一個人として付き合える悪魔は貴族悪魔しかいない。ところが教会の掟により貴族同士は長期間一緒に居てはならず、恋仲になることも禁忌《きんき》とされている。

そうなると貴族悪魔が面白味を感じながら付き合えるのは人間しかいないのだが、人間との間には種族的な障害《しょうがい》と老化の問題が立ちはだかる。紲のように、老いることもなく貴族悪魔を崇めるという感覚もない使役悪魔は、孤独な貴族にとって実に愉快《ゆかい》な存在らしかった。

「動くなって言われたからって息まで止めなくていいんだぞ」

「もちろん息はしているぞ」

「本当に？　してないかと思って心配になった」

紲は夕暮れの窓辺に座るルイの絵を描きながら、くすくすと笑う。

どうしても彼の香りを香水にして再現したくて、そのためにスケッチしていた。

調香師の香り創作には人それぞれ方法があるが、紲の場合は絵を描くことから始まる。

写真も悪くはなかったが、自分で描いた絵のほうが後々思い返しやすかった。今この瞬間に受けた印象、考えていること、感じたことのすべてをいつでも蘇《よみがえ》らせて調香に臨《のぞ》めるように、スケッチブックにルイの姿を写し取っていく。

「……お前の顔って、母親似？　それとも父親似？」

円形の格子窓《こうしまど》に肘《ひじ》を寄せているルイを見つめながら、紲は紺碧《こんぺき》の瞳を黒一色で描き込む。瞼の裏にしっかりと焼きつけてあるせいか、自分でも驚くほど上手く描くことができた。

「父親に瓜二《うりふた》つだ。悪魔は皆生まれた時は母親に似ているが、貴族悪魔だけは成長と共に父親そっくりになっていく」

「へぇ、普通の悪魔は母親に似てるってことか……なんか意外だな、母親は人間なんだろ？」

「普通の人間だ。だが便宜上《べんぎじょう》、悪魔は母親に似た姿で生まれなければならない」

ルイの言葉に、紲はその理由を自分なりに考えてみる。しかしわかるはずもなかった。するとこれまでは彫刻のように動かなかったルイが、少しだけ肩を揺らす。

「貴族悪魔は男のみで、満月の晩に人間の女を抱く。母体になる女は使役悪魔達が探して準備するのが普通だが、教会の掟上あまり目立ったことができないために……昨今《さっこん》では攫《さら》ったりはせずに密《ひそ》かに子種を仕込むことになっている。要するに寝ている人妻を咬んで毒で眠らせ——犯すわけだ。種族によって違うが、吸血種族はどこもそのような方法を取っている」

「……っ、え？　な、なんで？　どうして人妻？　犯すって、なんで？」

「それが一番効率的だからだ。悪魔の精子は体内で生き続け、排卵時《はいらんじ》に必ず受精する。未婚の女では堕胎《だたい》されてしまう恐れがあるため、原則としては夫と同居している人妻が選ばれる。生まれた子供は、外見上は母親の遺伝子だけを受け継いで人間の子として育つので、気づかれる心配はない。そうして育った子供は、二次性徴を迎えると使役悪魔として覚醒《かくせい》する。その先は種族によるが、吸血種族の場合は主の許《もと》に……つまり実の父親の力に引き寄せられるまま会いにきて、その後どうやって生きるか指示を仰《あお》ぐことになる」

「っ、なんかそれって……カッコウみたいだ」

他の鳥の巣に托卵《たくらん》を行うかの如き悪の所業を耳にして、紲は愕然《がくぜん》とする。

魔族にとっては普通なのかもしれなかったが、自分にはとても理解できず……薄気味悪《うすきみわる》くて手が止まり、絵を描く気分ではなくなってしまった。

「そうだな……その通りだ。人間の感覚ではさぞや厚かましく酷い仕打ちなのだろう」

「……っ」

「ただしそんな中で唯一《ゆいいつ》……貴族だけは違った育てられかたをする。貴族となる子供は通常、正体を明かして結婚した愛する妻《つま》との間に生まれるのだ。そうはいっても母親は人間なので、生まれた時点では使役悪魔と何も変わらない」

「え？　生まれた時から貴族じゃないのか？」

「いや、生まれた時は同じだ。ごく普通の人間の赤子の姿をしており、母親に似ている。ただそこからが違う。貴族として育てられる子供は、父親から魔力を含んだ血を母乳代わりに毎日与えられる。それが血と力の継承となって、跡取り息子は父親の力を奪って育つ。姿も次第に父親に似ていき、覚醒した時には一族のすべてが後継者側《こうけいしゃ》に付く――」

ルイは溜め息と共に言葉を切ると、座っていた椅子《いす》から腰を上げる。

これまでは絵のモデルとして無表情を保っていたのに、目の前にやって来た時には感情が色濃く出ていた。憂《うれ》いを帯びた双眸《そうぼう》が、目線の高さまで下りてくる。

「ルイ……？」

彼は床に膝《ひざ》をつき、脚に触れてきた。撫でるほどには手を動かさず、少しだけ睫毛《まつげ》を伏せる。

揺れる紺碧の瞳に、紲が持つスケッチブックの形が映っていた。

「貴族は寿命が終わりに近づいた頃に後継者を育てる。皮肉《ひにく》なもので、貴族にとって我が子と思えるのは後継者だけなのに……晩年の短い間しか触れ合うことができない。後継者にしても早くに両親を失って……重責ばかりを担《にな》うことになる」

ルイが頰《ほお》に手を伸ばしてくる。

ひやりと冷たい指先に、紲は掌《てのひら》を押し当てた。頰と手の間で温度差が徐々に埋《う》まっていく。

「そうやって貴族にされた以上、私には責任がある。それはわかっている。一族の者達が皆、私に子を生させようとするのは種の本能だ。嫌だと言えば強制《きょうせい》されることはないが……そんな勝手が許される立場ではなかった。だから私は、あの行為から逃げだしたくても、虫唾《むしず》が走るほど嫌でも、満月の晩が来る度に……澄《す》ました顔をして役目を果たしてきた」

聞いているのがつらかった。けれど誰よりもルイの話を真っ直ぐに聞いていたくて――紲は瞬きもせずに聞き入る。体の大きなルイを、抱きしめて包み込みたい衝動《しょうどう》に駆《か》られた。

「貴族悪魔は寿命が長く、強い……だが、一族の者達から尊敬されているわけでも、愛されているわけでもない。子種を撒《ま》き散らして種族を増やし、その数で多種族と優劣《ゆうれつ》を競い合い……最後は後継者にすべて奪われて死んでいく」

「ルイ……」

紲の目頭はじわじわと熱くなり、涙腺《るいせん》が緩《ゆる》み始める。

二百年以上も生きてきた年上の男が相手だとわかっているのに、手をもっと撫でて温めて、ルイの苦しみを癒《い》やしたかった。それでも足りない。全身で彼を受け止め、抱きしめたい――。

「これまで耐えてきたことが、耐えられないほど嫌になってしまった。これまで以上に、どうしても嫌だと思う。満月の晩……お前の傍に居たい。他の人間など抱きたくも触りたくもない。紲、私はお前に出会って初めて恋を知った。一緒に居るだけで胸が高鳴り、微笑まれると……ただそれだけで心臓が燃えてしまいそうになる。お前を抱きたいと望んでしまう。おぞましく忌々《いまいま》しかった情交を、したくなっている自分に気づいた」

床から膝を浮かせたルイの顔が迫ってきて、額と額がこつりと当たる。

自然と俯《うつむ》き加減になった紲の目に、スケッチブックの中のルイが映った。

今ここに居るのとは違う、威風堂々《いふうどうどう》としたルイの表情――。

それもまた彼の一部ではあったが、表面的な部分しか捉えていない絵は味気なく見えた。

「ルイ……俺は、立場は全然違うけど……無理やり……何度もっ、俺の体は汚くて……」

触れ続ける額から熱がゆっくりと移っていくように、ルイの体を温めたいと思った。

ベッドで共に眠る時さえ欲情しない彼を――そういう彼を好ましく思っていたのに、真逆のことを想像してしまう。ルイとなら、してもいい。単に淫魔の力に引き寄せられたのではなく、心が伴《ともな》っているのなら、あの行為は別のものになる気がした。

「お前は汚くなどない……仕方がなかったのだ。生きていくために性分泌液を必要とする体は、覚醒しなくともそれらを引きつけて身に取り込もうとしてしまったのだろう。自分の意思で、どうにかできる話ではなかったのだ」

「――……それでも……俺が、親を殺したことには変わりないんだ。俺が先祖返りなんかじゃなければ、家族が滅茶苦茶《めちゃくちゃ》になるようなことはなかった……っ」

紲はルイの顔が滲《にじ》むのを見て初めて、自分が泣いていることに気づく。

拭わなければと思うと、ルイの唇で吸い取られた。誰にも話したことがない昔の話を、紲はすぐさま心の奥底の収納場所に戻そうとする。

しかしその途中で、「お前の苦しみを共に背負いたい」というルイの囁きによって再び引きだされた。同時に体を抱き寄せられ、広い胸と力強い腕で包み込まれる。

「ルイ……」

話すべきなのか否かと迷ったが、自分がルイを全身で受け止めたいと思ったように、ルイも自分を受け止めたいと思ってくれているのだと感じて——紲は恐る恐る記憶の扉を開いた。

「——っ、今、思うと……二次性徴ってやつだったんだと思う……それまでは普通だったのに、急に両親や兄達が……おかしくなって、俺の体に触ってくるようになった。両親は、特に凄く苦しんでて……俺を座敷牢《ざしきろう》に閉じ込めた。けど、結局……父親が……っ」

凌辱されたり監禁されたりしても、殺意は向けられない紲は、一度だけ本気で殺されそうになったことがある。血走った目で泣く父親に首を絞められながら犯され、「頼むから死んでくれ」と懇願《こんがん》された。頼まれるまでもなく死にたくなっていた紲は、このまま首をへし折って殺してくれと願ったのに——殺されたのは自分ではなかった。

「最中に、突然……父親が倒れ込んできて……母親が包丁《ほうちょう》を持って立ってて、それで俺は……そんな状況なのに、母親が助けてくれたと思ったんだ。でも違って、母親も俺に……でもそこからは、何をされたのか憶《おぼ》えてなくて……たぶん、気を失って……目が覚めた時には、母親が首を吊《つ》って死んでた……っ」

「——紲……」

「それからも、伯父や伯母や……兄達が……優しくて、仲のいい兄弟だったのに、兄弟同士で争って……だから……家出して山の中に籠《こ》もってた。小さい子供は普通に接してくれたけど、成長するとやっぱり皆、おかしくなって……ずっと、死にたくて仕方なかった……っ」

ルイを癒やしたいと思ったはずなのに、自分が息を乱して縋りついてしまう。

犯される度に両親のことを思いだし、何故もっと早く死ななかったのかと悔やんだ。

ルイと出会って自分の正体を知っても、許しの言葉や救いの手を与えられても、罪《つみ》が消えるわけではない。自分が生まれてこなければ、家族は今も幸せに暮らしていた――。

「……俺は、誰かを好きになったり……そういうことをしたら、いけないと思う……」

唇が零《こぼ》す拒絶を易々《やすやす》と裏切る手が、ルイのうなじに触れてしまう。

口づけがしたいと思ってしまった。そう思う気持ちが止められなくて、甘く啄《ついば》む。

初めてルイの香りを嗅いだ時から胸が高鳴り、それから何度も恋という言葉を意識した。

それでも彼の傍に居るだけで幸せだったから、今の清らかな関係を壊したくないと思った。

――……唇が……。

表面だけを掠め合わせた唇が、吸い寄せられるように深く繋《つな》がる。

性欲を含んだ愛の告白など、もう聞き飽《あ》きていた。そんなものに価値はなく、永遠に親密な友人関係にこそ価値がある――そう思っていたのに、触れ合いたい気持ちが止まらない。

「――っ、は……う……っ」

座っていた椅子から仔猫のように軽く抱き上げられ、唇を合わせたまま寝台に運ばれる。

七色の貝が埋め込まれた黒塗りの支柱の上には、花の刺繍《ししゅう》を施《ほどこ》された天蓋《てんがい》が取りつけられていた。そこから下りる白い紗《しゃ》が月光を透《す》かし、絹《きぬ》の寝具が艶々《つやつや》と輝いている。

「ん……っ、ぅ、ぁ……」

絹のシーツの上に下ろされ、口内に舌を押し込まれた。

「――ッ、ン」

唇はまだ冷たく、舌や唾液《だえき》の温度も人間らしいものではない。

それでも心臓は脈打っていて、そこばかりが熱かった。重なる胸から鼓動《こどう》が伝わってくる。

「――っ、紲……」

呼吸の合間に名前を呼ばれた。答える隙はなく、息継ぎするとすぐにまた塞がれる。徐々に温かくなっていく舌や唇に連動して、紲の体は火照りだした。

これまでは強引に口づけられる度に吐き気を催《もよお》していたのに、ルイの舌や唾液はいくらでも歓迎できた。ルイが放つ薔薇の香気が一気に高まっていることを感じると、体に触らなくても欲情の度合いがわかる。それを嬉しいと思ってしまっている自分の気持ちに戸惑いながらも、顔を斜めに向けて舌を絡めた。

「……は……ん……ぅ、ふ……ぅ」

唾液を交わす舌が湿《しめ》っぽい音を立て、脚の間が熱を帯びる。心よりも常に先に反応する体が、ルイのことを受け入れていた。唇や舌を味わえば味わうほど、雄の部分に血が集まって硬くなる。心臓と同じように、ドクンドクン……と、昂って隠しようがない。

「……っ、お前の話を聞いたのに……こんなことをする私は、無神経で酷い男か？」

ルイの唇が、首筋へと移動する。シャツのボタンを外され、頸動脈《けいどうみゃく》に舌を這《は》わされた。

黙《だま》っている間も彼の手は動き続け、胸の突起に触れられる。

「——わからない……」

「嫌か？」

「……っ、それも……わからない……でも、たぶん……」

続きが言えなかった。たぶん平気、お前ならいい——そう言おうとしても言葉にならない。

自分が悪魔の中でも淫魔という種類だったことは、甚《はなは》だショックで忌《い》まわしい事実だったが、それは受け入れていくべきことだと考えている。茶色い髪や目のことで苛《いじ》められ、正常だった頃の父親に泣きついた時、「どんな姿でも、お前はお前なんだ。自分の持つ個性を受け入れて生きていかなければならない」と諭《さと》された。日本人に生まれたことと同じように、淫魔という種類の悪魔に生まれてしまっただけのこと……そう思えば乗り越えられる。けれど、だからといって容易《ようい》に性に身を委ねられるわけではない。自分がどうなってしまうのか、それが怖くて震えそうになる。

「……ぁ、は……っ、ぁ……！」

全裸にされながらも抵抗できず、ただ流されるままになった。

いつの間にか目を瞑《つむ》ってしまい、最後に目にした天蓋の裏側の刺繍が瞼に焼きついている。

刺繍の柄は和洋折衷《せっちゅう》で美しい薔薇だったが、鼻を掠めるルイの香気とは程遠い。

夢のような香りはもっとずっと華やかで、彼方《かなた》まで広がっていた。今もしも瞼を上げたら、そこには過去の忌まわしい光景などないだろう――きっと、輝くばかりに美しいルイが居る。

「――う……っ、あ、や……っ」

脚を押さえ込まれ、屹立《きつりつ》に口づけられる。すでに透明な蜜を零《こぼ》していたそれは、無言を通す紲に変わってルイを受け入れていた。許されることで止まらなくなっていく彼の手が、屹立の根元や後孔に迫ってくる。クチュクチュと音を立てて雄茎を扱《しご》き上げられながら、潤《うるお》いのない後孔の表面を柔《やわ》らかく押し解《ほぐ》された。

「ルイ……ッ、あ……っ」

目を閉じていても、唇の形や色や、動きがわかる。濡《ぬ》れた鈴口を舌先で舐《な》めて、じゅぷりと食《は》んで括《くび》れを挟《はさ》む様子が、目に見えるようだ。弾力《だんりょく》のある唇で強めに圧迫されると、脈動する血管が堰《せ》き止められた。自分の分身が熱くて熱くて、温度の低いルイの口内が気持ちいい。

「あ、ぁ……っ、ぅ！」

ルイは顔を上下させながら口淫《こういん》を繰り返し、屹立の根元を指で扱く。

彼の口角から零れた蜜や唾液が少しずつ後孔に運ばれて、遂には指が滑《すべ》り込んできた。

肉は異物の侵入を阻《はば》むように収縮し、押しだそうとする。けれどルイの指の力に負けて、少しずつ解されていった。括約筋《かつやくきん》の抵抗が弱まった隙を見て、指は奥まで入ってくる。

「――っ、う……あ、ぁ……っ」

紲は絹《きぬ》のシーツを引き裂《さ》かんばかりに掴み、足が攣《つ》る寸前まで爪先《つまさき》を立てた。腹側に向けて指を曲げられると、嬌声《きょうせい》が堪えられなくなる。前立腺《ぜんりつせん》をぐりりと揉み込まれる度、ルイの口の中の屹立が硬度を増した。もうこれ以上硬くも大きくもならないと思っていたのに、骨が一本通ったかのようにギチッと張り詰めて彼の口蓋《こうがい》を突く。

「う……ぅ、ぁ……あ、ぁ！」

管の中を、熱く濃厚な蜜が駆け抜けるのがわかった。ずくずくと前後するルイの指先に押しだされるようにして、彼の口内に射精《しゃせい》してしまう。予感があったのに何も言えず、止めようとしても止められず、「ごめん」と言おうとした今も、まともに喋《しゃべ》れなかった。

「ひ、ぁ……っ」

吐精《とせい》を終えたばかりの過敏《かびん》な器官が、ルイの口から解放される。代わりに膝裏を掴まれて、腰をマットから浮き上げられた。指をくわえ込んだ恥ずかしい肉孔を見られているのを感じ、火が点いたように顔が熱くなる。

「あ、ぁっ……ちょ、ちょっと……まっ、ぁ！」

自分の放った精液を垂らされ、悲鳴を呑《の》んだ途端に指先で奥へと流し込まれる。目を閉じてなどいられなくなり、ヌジュッと卑猥に鳴りだす体をどうにかしたくて無意識に暴れてしまった。膝裏を掴まれているため宙を蹴ったに過ぎなかったが、自分の動きのせいでますますぬめりが奥まで入っていったように感じられる。つぷりと指が抜かれた時にはもう、孔の内部も周辺も濡れそぼっていた。

「私は、お前を犯してきた男達とは違う……抱いてもいいと、言ってくれ」

「――……ルイ……ッ」

切なく語るルイの香気が、かつてないほど高まっていく。そこには彼の雄そのものから匂い立つ精の青さも混じっていて、紺はそれを嗅ぐなり自分の匂いが反応しているのを自覚した。口は思うように動かなくても、体は正直に応《こた》えている。ここに自分が存在し、精液を求めていることを訴えるように匂いながら、達したばかりの雄を再び昂らせる。

「……っ、ぅ」

結局何も言えなくて――せめてとばかりに、こくんと頷《うなず》いた。

火に炙《あぶ》られたかと思うほど全身が熱く、ルイの手が普段以上に冷たく感じる。本当はだいぶ温まっているはずなのに、自分があまりにも熱過ぎた。

「――紺……っ」

「あっ、ぁ……っ、ぁ、ぅ……ぁ！」

前を寛《くつろ》げるなり挿入《そうにゅう》してきたルイに、体の奥まで貫《つらぬ》かれる。

喉笛《のどぶえ》を晒《さら》して仰《の》け反《ぞ》り、シーツを引っ張りながら身悶《みもだ》えた。十分に解されても痛くて、切り裂かれるような苦痛と内臓を潰されるような圧迫、腰骨が軋む感覚はある。けれど何もかもが違っていた。物理的には凌辱と似通《にかよ》った行為なのに、恥ずかしさや照れくささが先に立って、恐怖心が割り込む余地など少しもない。

「く、ぁ……っ、ぁ……ん、ぁ！」

体が密着するほど強く抱き寄せられ、小刻みに突き上げられる。ずくずくと馴染ませられるうちに痛みは軽減していき、最奥をズンッ！　と突かれる衝撃や、引き際《ひぎわ》の肉笠の引っかかり、硬い雄と括約筋のせめぎ合いが、酷く気持ちいいことを知った。十指を全部使って背中を引き寄せ、彼の抽挿《ちゅうそう》を受け止める体勢を取ってしまう。

「はっ、ぁ……う、ぁ……っ」

「――……ッ、ハ……紲……」

ルイが身を伸ばすと、彼の首筋が眼前に来る。頸動脈が鼓動する度に匂い立つ薔薇の香りが、自分を抱いている人物を特定し、その欲望まで伝えてくる。好意を寄せられていること、強く求められていること――それが本当によくわかった。匂いに比例して奮《ふる》い立っている彼の雄が、嘘のように愛しい。自分の中にあることが嬉しくて、そう感じていることに驚かされた。

「んぅ、う……っ、ぁ……あ――っ！」

顔を見せるのが恥ずかしくて力いっぱい抱きつきながらも、紲は絶頂を迎える。ルイのシャツを汚すほど、思い切り吐精してしまった。

「……っ、紲……私の目を見ろ……っ」

腰を揺らし続けていたルイは、汚れたシャツを脱ぎながら紲の体を斜めに向ける。

角度を変えて繋がったまま、紲の顎《あご》を摑んで自分のほうに向けた。

「――ルイ……？　あ、目の色……」

「これから威令《いれい》を出す。使役悪魔が逆らうことのできない貴族の命令だ……覚えているな？」

紲は体を捩《よ》じらせた状態で、紫色に変わっているルイの目を見つめる。

この三日の間に説明を受けており、おそらく覚醒を促《うなが》されるのだとわかった。

これまでは人間の姿で凌辱されてきたので、養分的にはほぼ無意味だったと知ってなおさら絶望したが、過去のことを悔やむよりも、これから先の生きかたを考えなければならなかった。淫魔として覚醒すれば節操《せっそう》のない誘惑や性交は避けられる。欲求を意図的に満たして人間として生きていくために、もう一人の自分を受け入れようと思った。

「紲、『淫魔として覚醒し、変容しろ』――」

頷くとすぐに命令され、横たわっていた体がびくっと硬直した。

初めての経験だったが、これが威令だということはすぐにわかる。内臓すら支配されているかのように、全身の筋肉が勝手に動いた。関節という関節に糸を絡められ、好きに動かされているようでもある。ルイに組み敷かれて斜めになっていた体が、ひくんひくんと何度か痙攣《けいれん》し、尾《び》てい骨《こつ》の辺りが疼《うず》いた。まるで煙草《たばこ》でも押しつけられたように、そこだけがジュウッと熱くなっていく。焦《こ》げるかと思うほど内部や表面が燃え上がった後、何かがはち切れた。

「うあああぁっ、ぁ……あ――っ‼」

痛いわけではないのに、声を抑えられなかった。絶頂同様に避けられず、快楽《かいらく》とは違う種の解放感に喉が震える。途轍《とてつ》もなく奇妙な感覚だった。尾が生えると聞いてはいたが、手がもう一本増えたように感じられる。自分の手……それも利き手と同じくらいか、むしろそれ以上に思い通り動かせる物体が、腰から生えていた。考えなくても、どう扱いどう動かせばいいのかわかる。一瞬苦しく感じた体が楽になり、ふと目を見開くとルイの瞳が紺碧に戻っていた。

「……っ、尻尾……生えてきた……わ、わかってきた……っ」

体が絶対に必要とする物、それを手に入れる方法——それらが当たり前に理解できる。

ルイが人間に戻ったことで威令は解けていたが、その影響以上に体が軽くなり、身体能力が向上しているのが感じられた。訓練によって磨《みが》き上げた嗅覚の感度も、さらに高まっている。

ルイの香りの他に、窓外の風に混じる蒼真の匂いや使役悪魔達の匂い、草木や水、何部屋も先の部屋に置いてあるリュックの中の香料サンプルの匂いまで、完璧に嗅ぎ取れる。

「……っ、あ、な……なんか……」

「——ッ、ゥ……」

紲はルイの雄を締めつけ始める媚肉の収縮と、体内から滲みだす潤滑液《じゅんかつえき》の存在に戸惑う。

ルイは吐精していないにもかかわらず、結合部が潤って抽挿《ちゅうそう》が速《すみ》やかになった。

捩《よじ》った体を突き上げるように抱かれながら、紲は尾を彼の腰に絡める。限界まで引かれて、思い切り突かれて腰骨を軋まされる衝撃に、意識が飛びそうになった。

「んあっ、ぁ……あぁ、ぁ……ルイ……ッ」

「紲……っ、愛している……私の恋人……」

寝台がギシギシと音を立て、感度の上がった体はさらに淫液を迸《ほとばし》らせる。気持ちよくて……よ過ぎて、何がなんだかわからなくなった時、ルイの唇が迫ってきた。

そして体が、求めていた人間の体液を味わい始める。

唇を滅茶苦茶に押し崩し、舌を絡めて唾液を啜《すす》っては飲み、先走りにわずかに混じる精液を媚肉で吸収した。より濃厚で大量のそれを求めて、ルイの雄を体内でヌチュヌチュと扱く。

「——ッ、ン……ッ!」

「ん、ぅ……う、う、ん——っ!!」

中に、いっぱい……たくさん出して——言いかけた口はキスのせいで塞《ふさ》がったまま、ルイの唾液に満たされる。体も心も彼の吐精によって燃え上がり、淫魔としての充足と、人としての幸福に打ち震えた——。


さらに三日が経ち、上弦の月は着々と膨《ふく》らんでいた。太陽が支配する日中でも、満月が近いと感じられるくらい体が影響を受ける。ルイも紲も性欲が強まる一方で、連日連夜、異常なほど密に体を繋げ続けていた。

淫魔として覚醒したばかりの紲は、ルイに導かれながら自分の性質を体で知る。淫液を摂取していれば眠くなることも疲れることもなく、延々と性行為を続けられることや、魔力が強いために、その気になればルイが連れていた使役悪魔を誘惑できる力があることもわかった。

ただし貴族には及《およ》ばないため、ルイには魔力が効かない。力の差は圧倒的で、首筋や腕を咬まれて毒を注入されると、堪らなく眠くなって意識が朦朧《もうろう》とした。軽い吸血は病《や》みつきになりそうなほど心地好く、ベッドの中でお互いに変容を繰り返しながら、血液と精液を交わし合う日々を送っている。

ルイに対して愛しているとも好きだとも言っていない紲だったが、自分が彼の恋人だという認識はあった。ルイから何度もそう言われているうえ、紲には恋人や結婚相手以外と性行為をするという感覚はなく――ほんの数時間前まで、今の自分はとても幸せだと思っていた。

毒に侵《おか》されている間は恥じらいを捨てて心を開放し、平常時に思いだすと恥ずかしい言葉を平気で口にすることもできたし、言葉だけではなく、ルイの上に乗って自ら激しく腰を動かしたり、自分の乳首や性器に尾を巻きつけたり、ルイの雄を執拗《しつよう》にしゃぶり続けたり……淫魔であることや毒で朦朧としていることを免罪符《めんざいふ》にして、この蜜月に溺《おぼ》れていた。

『どうして指輪を受け取らなかったんだ？』

「……っ⁉」

陽射しが苦手なルイが眠っている間に屋敷を出た紲は、突如《とつじょ》頭の中に話しかけられる。

ほんの少しの散歩のつもりだったが、予定よりも遠くまで歩いてきてしまっていた。蓮池《はすいけ》を前にして振り返ってみると、大きな屋敷の赤い屋根や、要塞《ようさい》染みた塀《へい》が遠くに見える。

「蒼真……？」

紲は一度きょろきょろとしてから、風下《かざしも》に目を向けた。

茉莉花系の香気を感じなくても、直感的に貴族の居場所はわかる。これは貴族が他の悪魔を引きつける性質を持っているせいで、自然な反応なのだとルイから教わっていた。

『毎日毎日狂ったみたいにサカり合ってるくせに、なんだってルイの指輪を受け取らなかった。アイツの心を弄《もてあそ》ぶつもりなのか？　嘗《な》めた真似してると咬み殺すぞ』

大木の太い枝の上に寝ている豹が、牙を剝いて「グウゥッ」と唸る。

あの半月の夜の惨事《さんじ》を思いだした紲だったが、怯《ひる》むより先に首を振って否定した。

蒼真とはあれからほとんど接点がなかったので、いきなり声をかけられて心底驚かされる。

ほんの数時間前、番《つがい》になって欲しいとルイに迫られて指輪を差しだされてから、ルイは彼と接していないはずなのに、何故そのことを知っているのかと訊きそうになった。けれどすぐに愚問《ぐもん》だと気づく。

「聞こえてたのか……」

『ルイは結界を張ってないからな。喘《あえ》ぎ声があまり凄いんで、できるだけ屋敷から離れてる』

「……っ、それは……なんて言ったらいいか……ごめん……けど、指輪の件は誤解だ。ルイを弄ぶとか、そんなことまったく考えてない。ただ、考える時間が欲しかっただけだ」

『あれだけ可愛がられて何が問題なんだ？　あまり調子に乗るなよ』

「――っ！」

しなやかな動作で風を切るように木の上から下りた蒼真は、尾を立てながら近づいてくる。殺気《さっき》は感じないものの、本当に咬まれるんじゃないかとびくびくした紲だったが――太陽の光が降り注いでいる環境のおかげで、いくらか冷静でいられる部分もあった。

『ルイはいつも一族の連中に囲まれてるけど、あれは人間の感覚で言う子供や兄弟じゃない。使役悪魔は主の気持ちよりも、主に子供を作らせることを優先する。貴族は常に孤独《こどく》だ』

「――それは……だいたい、わかってる」

『ルイは本来貴族然として偉《えら》そうでプライドが高い。一族を守ることに関しては真面目に取り組んできたのに、お前に惚《ほ》れてぐだぐだになってる。早く番になって落ち着かせてやれ』

蒼真は紲の横をすり抜けると、そのまま蓮池の前に座り込む。

自生している蓮は盛りを迎えて水面を埋め尽くしており、日本では見かけない大きさの蛙《かえる》が葉の上で訛声《だみごえ》を上げていた。

「そんなことを聞くと……ますます悩む」

『何を悩む必要があるんだ？　淫魔が独りで生きていくのは危険だし、人間としても三十四でその若さじゃそろそろ限界だ。今のお前を知ってる人間から離れる必要がある。ルイと一緒に居れば望み通り香料留学もできて、他の悪魔に手を出される心配もない。ルイは時代に応じた仕事もできるし、会社も金も腐《くさ》るほど持ってる。体の相性もいいんだろ？』

一定の距離を取って座っている蒼真は、蛙の動きを視線で追いつつ尾を芝《しば》の上に這わす。

喋りながらも蛙が気になるらしく、それを振り切るように顔を横向けてきた。

『条件のいい貴族にあれだけ真剣に申し込まれて、何が不満なんだ？』

「――……結婚の約束と、同じようなつもりでいるって言われたのを……聞いてたんだろ？悪魔がそれをどう捉えるのか俺は知らないけど、出会って六日で同性からそんなこと言われて悩まない人間なんて考えられない。少なくとも日本人の俺の常識では、ありえない」

『教会に従属する魔族の一人になった以上、国籍《こくせき》はもう関係ない。たとえ国同士が戦争中でも教会内に国境はないからな。小さな島国の人間であることにこだわるのはやめたほうがいい』

シタンシタンッと音を立てて地面を尾で叩く蒼真を見つめながら、紲は額を押さえる。豹を相手にどう説明すればいいのかわからなかったが、少なくともルイ本人と話し合うよりは気が楽だった。「しばらく考えさせてくれ」と言って指輪の受け取りを保留した時のルイの顔――この世の終わりのような顔が瞼に焼きついていて、胸がじくじくと痛む。

「俺の魔力……本当に、ルイに効いてないのか？　それって、絶対なのか？」

『絶対だ。赤眼の魔力が貴族に効いたら、魔族の生物的階級社会が崩壊《ほうかい》する。お前……ルイの愛情を疑ってるのか？』

「――俺は……ルイが好きだし、ルイと……一緒に居ると、したくて堪らなくなるけど、でもそれは俺が淫魔だからっていうのもあると思う。だけどルイは違うのに……どうしてあんなに俺を抱きたがって、愛してるとか言えるのかわからない。いきなり過ぎて、俺は……」

飽きられるのが怖い――そんな言葉が頭に浮かんで、紬は両手を自分の髪に埋めた。

豹の隣に座り込んで膝を抱え、何度も深呼吸してみる。

「ルイの……執着《しゅうちゃく》は異常だと思う。結局、完全に自分の思い通りにはならない野良猫《のらねこ》を拾って、珍しくてちょっと面白くて……満月が近いこともあって性欲も強くて興奮してて……だけど、それが過ぎたらどうなるんだろう……勢いのあり過ぎる熱は、きっと、冷めるのも……っ」

ぶわりと噴き上がる感情が涙になって、ズボンの膝を濡らしていく。

自分で思っていたよりも遥かに、ルイを好きだと気づいてしまった。日本人としての常識や男としての迷いなどではなく、ただ怯えているだけだとわかって……情けないくらいに次々と涙が溢《あふ》れてくる。

「指輪を見せてもらう少し前……ルイが俺のために……もう子供を作らないって言いだして」

『っ、そんなことまで言ってたのか？　それは聞いてなかった、無茶苦茶《むちゃくちゃ》だなアイツ。お前と番になれば、今の状態よりは割り切って使命に励《はげ》むかと思ったのに――』

人間だったら目を見開きそうな顔をして、しかし特に目の大きさは変えずに瞳孔《どうこう》だけを変化させた蒼真は、困った様子で鼻を鳴らす。溜め息をついたようにも聞こえた。

「俺……それからだんだん怖くなってきて……それを嬉しいと思ったし、そうして欲しいって思ったけど、自分のそういう気持ちに責任を持てるかどうか……俺自身もまだわからないんだ。繁殖能力のあるルイが子供を作らなくなったら、寿命《じゅみょう》の短い使役悪魔がどんどん死んでいってスーラ一族が衰退《すいたい》するってことだろ？　後継者を育てるために命懸《いのちが》けで力を託《たく》したルイの父親の想いとか、代々続く特別な血筋の重みとか……俺にはとても背負い切れない。ルイのことが好きだけど、ルイに抱かれたがる俺の『好き』って感情が、俺が淫魔だってことと無関係とは言い切れないし、出会ってまだ六日なのに、どうして……誓《ちか》いの指輪なんて……」

受け取りたくなかったわけじゃない。けれど今はまだ重過ぎて嵌《は》められなかったあの指輪の石の色――ルイの血の色、血の匂い。ルビーとして凝固《ぎょうこ》した彼の愛の誓いを、どれだけ信じていいのかわからない。自分の想いさえ不確かなのに、軽々しく飛び込めるわけがない――。

『咬み殺すとか言って悪かった』

「蒼真……」

背中を重みのある尾でパシンッと叩かれ、紲は膝を抱えたまま前のめりになる。自分の細い尾とは力が違い、下手したら蓮池に押しだされそうなくらいだった。

『淫魔は悪魔の中じゃ下級とされてるけど、あっちの具合がいいんでわりと重宝《ちょうほう》されてる。しかも同種族では群れずに他の種族に寄生《きせい》するような生きかたが普通だ。有力貴族に媚《こ》びて贅沢《ぜいたく》三昧《ざんまい》に暮らす奴とか、繁殖《はんしょく》を妨《さまた》げて他の種族を滅亡《めつぼう》に導く危険因子《きけんいんし》なんかも多い。淫魔の力に目覚めたお前が、ルイを翻弄《ほんろう》して愉《たの》しんでるのかと思った』

「――危険因子……」

呟《つぶや》くなり豹の顔が迫ってきて、紲はぎょっと目を剝く。肩ごと身を引くと、横面に頬を擦《こす》りつけられた。髭《ひげ》が痛かったが黙っているといつまでもすりすりとされ、次第に慣れて落ち着いてくる。子供の頃、実家で猫を飼っていたことも拾ってきたこともあるので――紲にはルイの瞬間的な熱狂《ねっきょう》も、蒼真の警戒心や突飛《とっぴ》な人懐《ひとなつ》こさも、なんとなくわかる気がした。

「毛皮に……触っていいか？　首とか気持ちいい？　俺、猫好きなんだ」

両手を伸ばしつつ訊くと、蒼真は返事をせずに尻尾を背中に押し当ててくる。

撫でろと言わんばかりに首を伸ばし、体を寄せながら白い腹毛を見せつけてきた。

首や腹側の毛は柔らかく、指の腹で強めに撫でるとゴロゴロと鳴きだす。背中は絹のように滑《なめ》らかな手触りで、梅《うめ》の花に似た斑紋や黄金の被毛が実に見事だった。ふと、これを目当てに殺された蒼真の子供達のことを考えてしまい、手が止まりそうになる。

「――ルイと、仲いいんだな。貴族の気持ちは、貴族じゃないとわからないんだろうな……」

温かい体を半分抱きつつ気を逸らそうとした紲に、蒼真は『同じ貴族でもわからない』と即《そく》答《とう》した。首を撫でられるのが気持ちいいらしく、天を仰ぐような姿勢は変わらない。

『俺は半分動物だけど、吸血鬼は性質的に人間に近いからな。基本的に独りで生きてる俺より、大勢と暮らしてるアイツのが淋しかったりするかもしれない』

「……貴族は貴族と一緒に暮らすのが一番よさそうなのに……どうして駄目《だめ》なんだ？　寿命も同じくらいで、対等で、遠慮《えんりょ》がなくて……刺激《しげき》のある関係でいいと思うのに」

『魔族戦争を防ぐためだ』

なんとなく気になったことに思いがけない答えを返され、紲はわずかに身を引く。

触り始めると手を離したくなくなる被毛を撫でながらも、紫の瞳をじっと覗《のぞ》き込んだ。

「貴族同士が喧嘩《けんか》して……一族間で争いになったら困るから？」

『そんな低次元の話じゃない。そもそもは女の貴族が存在しない不自然さに問題があるんだ。生物には優《すぐ》れた子孫を残そうとする本能があるから、貴族の男女が子供を作るのが自然だろ？　弱い人間の女に子供を生ませるよりずっといい』

なるほど確かに……と納得しながらも、紲には話の行先がわからない。

蒼真はしばらく間を置いてから、『気色の悪いたとえだけど……』と、切りだした。

露骨《ろこつ》に嫌そうな表情を作る。

『俺が貴族の雌《めす》だったとする――実際にはどうなるか知らないけど、噂《うわさ》によると貴族の男女は猛烈に惹かれ合うらしくて、俺が雌でルイが雄なら、一緒に居るとすぐに交尾したくなる……らしい。その間に生まれてくるのは人間の血が抜けた純血種だ。吸血鬼か豹にしかなれない。しかも……なんか物凄く強いらしい……永遠の命と、あとは千里眼とか持ってたりして』

「……ぁ、っ……それで戦争が？　そうか、今は……純血種は一人だけだから……」

『そういうこと。自分の力を削《けず》らずに新たな貴族を無制限に生みだせるのは純血種だけだし、今は女王一人が突出した力を持ってるから俺達混血悪魔を統率《とうそつ》できてる。ところがそこに別の純血種が生まれたら……特に雄の純血種なんか生まれたら最悪で、自分で腹を痛める女王とは比較にならないスピードで貴族悪魔を生みだせる。人間の女に種を仕込むだけで配下の貴族を量産できるんだからな、最強だろ？　しかも女の貴族が生まれたらさらに純血種が増えていく。果ては主権を巡る魔族戦争に発展しかねない……というより、必ずそうなる。だから純血種は唯一無二の存在でなければならないんだ』

「――っ、でも……貴族には男しかいないんだろう？　なのになんで？」

同性愛が禁忌ではないにもかかわらず、何故貴族同士が恋仲になることも長期間一緒に居ることも禁じられているのか、紲は訊きながらも自分で考えてみる。けれどやはりわからず……目の前にある豹の顔が微妙に歪《ゆが》んで苦笑めいた表情を作るのを黙って見ているしかなかった。

『魔族は進化の早い高等生物だから、女の貴族が作られない環境に体が適応して、貴族同士がくっついてると片方の性別が変化するようになったんだ。意図しなくても、体は何がなんでも最強の純血種を生みだそうとしてしまう……らしい』

一瞬意味がわからず――数秒考えてから具体的に想像できた紲は、思わず目を瞬かせる。

「……じゃあ、ルイと蒼真が長く一緒に居たら……」

『どちらかが女になりかねない。お互いそんなの絶対に嫌だし、女になった貴族は見せしめに惨殺《ざんさつ》される決まりになってる。そういうわけで貴族は本当に孤独だから、ルイがお前を可愛い拾い物だと思って夢中になるのも、異常なことではないわけだ』

蒼真の話を聞いているうちに、紲は再び疑惑《ぎわく》の底に落ち込んでいく。

貴族は淋しい——ルイは特に淋しいのかもしれない。それはもう十分わかった。でもそれがわかればわかるほど、恋愛感情というものについて考えてしまう。

淋しかったからペットを飼って孤独を紛《まぎ》らわせるような、そんな愛着だったらあまりにも切ない。そのうえ自分が淫魔だったために、性的に抱き心地がいいから気に入っているというだけだったら、本気で愛を返してもいつかは虚《むな》しくなる。

飽きられた時には、もう手遅れになっているかもしれない——ルイがいないと生きていけないと思った時、彼は何を見ているだろうか？　今と同じように自分を見てくれていたとしても、それが淋しさ故《ゆえ》なら満たされない。

それとも自分が満たされることなど考えずに、ただルイの幸福だけを願って尽くすべきなのだろうか？　誰も幸せにできなかった危険因子の自分が、たとえ性奴《せいど》やペットのような存在としてでも好きな人を癒やせるなら……それだけでいいと思うべきなのだろうか？

『——黙り込んでどうしたんだ？』

「あ、いや、その……ルイは今……俺に興味を持ってくれてるけど、それは恋愛とは限らないわけで、なんか難しいな……ルイの気持ちにも自分の気持ちにも、凄く疲れる。そもそも俺、好きだとか愛してるとか言われるの、鳥肌が立つくらい苦手なんだ……危険信号でしかないし。ルイは特別だけど、でもやっぱり……凄く疲れる。これからどうしていいかわからない」

紲は豹の体に縋り、ぎゅっと抱きつきながら泣くのを堪えた。

ルイに好かれて嬉しいのに、抱かれていれば体は果てしなく満たされるのに、心底喜べない自分が嫌になる。わずか六日で本当に、心が疲労困憊《ひろうこんぱい》していた。

『俺には、恋とか愛とかはよくわからない。ルイが今の時点でお前を好きなのは間違いないと思ってるけど、アイツが一生お前を好きでいるのか、明日いきなり飽きるのか、どういう好きなのか……そんなことはルイ本人じゃないから知らない。けど、お前がしばらく時間を置いて考えたいなら協力はする』

「――協力？」

『俺は今……かつてないほど身軽だ。ルイと離れても他の悪魔が手出しできないよう、お前を守ってやってもいい。行き先は日本でもグラースでもどこでも。ここにはもう居たくない』

「……っ」

正当防衛《せいとうぼうえい》は許されても報復は許されなかった蒼真は、ざらついた舌で手を舐めてくる。

濡れたヤスリのような感触だったが、ゆっくり舐められる分には耐えられた。

注がれる視線は淋しそうには見えず、むしろ怒りを湛《たた》えてぎらついている。

『こう見えても俺は清朝《しんちょう》の王族育ちだ。護衛以外は俺に何も期待せず、巨大な飼い猫だと思って世話してくれ。ほとぼりが冷めるまでルイからお前を預かってやる』

蒼真の言葉に紲は頷きそうになるものの、動かしかけた首を止めた。これまでに何度も騙《だま》されて閉じ込められたり連れ去られたり、ろくなことのない人生だったので、簡単に人を信用しないよう心がけている。つらい目に遭《あ》ったばかりの豹が相手だろうと、そこははっきりさせておかないと付き合えない。

「――ぁ……ありがたいけど、それって……何？　どういう意味？」

『……ん？』

「自惚《うぬぼ》れてるとか、思わないで欲しいんだけど……なんていうか、俺は……つまりそのっ」

『妙な心配はしなくていい。粋人《すいじん》気取りな吸血鬼と俺は違う。子作りと狩りと、喰うことしか頭にない。あとは睡眠だな。男と乳繰り合う暇があったら昼寝する』

「そ、そうか……よかった」

紲は思わず満面《まんめん》の笑みを浮かべ、蒼真の体に手を回してぎゅうぎゅうと抱きついた。ぴくっと震えるほど驚かれたが、構わずに自分から頬を寄せる。

上手く言葉にできなかったが、やっと永遠に友達でいられる存在を見つけた気がして、飛び上がりたい気分になる。数年で大人になって欲望を向けてくる子供でもなく、老い先短い老人でもなく、完全な動物でもなく、三日で愛してると言いだしたルイのような男でもなく、正真《しょうしん》正銘《しょうめい》の友人ができた――そう思うと、嬉しくてじわじわと泣けてきた。

『喜ぶのはいいけど、お前わかってるのか？　俺と体液交換をして暮らすってことだぞ』

「体液交換？」

『そうだ。俺は人間の時のお前の精液と、血液が少し欲しい。お前は俺の精液だけで十分だ。自分自身のを保存して飲んでもほぼ無意味だからな、誰かと組んで与え合わなきゃ人間社会に溶け込んで生きていくのは難しくなる。ルイとしばらく距離を置く間、食餌《しょくじ》と割り切って俺の精液を飲めるか？』

「――っ、え……それは……無理……」

紲は豹の性器に視線を向けて、躊躇《ためら》いつつも即答する。動物は好きだし、精液が必需《ひつじゅ》なのは本能的にもうわかっているが、どうしても無理だと思ってしまった。

『今そこを見てどうするんだ……こっちの状態での話に決まってるだろ』

「あ……っ、う、わ……」

触れていた被毛が一気に皮膚の中に隠れ、さらりとした絹の手触りが潤ったものに変わる。掌に吸いつくようにしっとりとした餅肌《もちはだ》は、人間になった蒼真の肩甲骨《けんこうこつ》の辺りだった。美しさが何よりも先に立つルイとタイプは違うが、精悍《せいかん》で整った顔は際立《きわだ》っている。けれどそれ以前にまず、白昼の全裸姿に驚愕《きょうがく》させられた。

「ふ、服……っ、俺のシャツを！」

「ああ、脱がなくていい。ちょっと確認するだけだ」

芝生の上に座っている裸の蒼真に顎を摑まれ、紺は目を瞬かせる。

ルイと同じ紺碧の瞳が迫ってきて、無意識に視線を逃がすと体に向かってしまった。

隆々たる胸筋の下に、割れた腹筋、そして萎《な》えた状態でも十分に立派な性器がある。

ルイに相談して少し時間を置くのは可能だとして、果たして他の貴族悪魔と一緒に暮らしていいのだろうか？　食餌だと割り切って精液を口にすることなど許されるのだろうか？

そんなことを考えながら、紺は蒼真の性器を凝視《ぎょうし》した。

自分に接しながらも萎えた状態を見て、改めて感動させられる。蒼真とならきっと、普通の友人でいられる。体液を交換しようと食餌だと割り切れる。そう思った。

「……ッ！」

紺が蒼真に微笑みかけた次の瞬間、彼の体が突然離れる。

まるで突き飛ばされたかのように跳《は》ねると同時に、銃声が響いた。

何が起きているのかわからなかった紺は、蓮池の葉が一枚沈むのを目にする。蒼真が座っていた場所のすぐ先だった。紺はようやく、彼が銃で狙《ねら》い撃ちされたことに気づく。

『ルイッ！』

腰を抜かしそうになった紺の頭の中に、蒼真の声が届いた。

撃たれる前に避けた蒼真の姿はすでに豹に変わっており、無事な様子に見える。ルイの名を呼びながらも実際には「シャーッ！」と唸り、尾を膨らませて全身の毛を逆立てた。

「ルイ……？　ルイが、撃ったのか⁉」

紲の目には屋敷の赤い屋根と、建物全体を囲む塀しか見えない。

ルイが部屋から撃ったのだとしたら、塀に無数に開いている小さな丸窓から銃弾《じゅうだん》を通したということになる。それはまるで神業《かみわざ》のように思えたが、疑う間もなく——塀の向こうから赤い蝙蝠の大群が一斉に姿を見せた。太陽光の下を駆け抜けて、蒼真を狙って襲いかかってくる。

「蒼真っ！」

『ルイやめろ！　落ち着け‼』

獲物を狩るような速さで駆ける豹を、蝙蝠が同じ速度で追い回す。群がる蝙蝠の翼《つばさ》は刃物のように被毛を切り裂き、金色の体は瞬く間に血に染まっていった。豹の体に傷をつけた蝙蝠は血液に戻るらしく、蒼真の血なのかルイの血なのかはわからない。いずれにしても二人が血を流したことには違いなく、紲は慄然《りつぜん》としたまま蒼真の姿を目で追った。

「どういうつもりだっ、よくも私の番に手を出したな！」

地底から響く声と共に、ルイが姿を現す。そして瞬く間に豹に飛びかかった。

いつも優雅《ゆうが》に動くルイが風のように走る様を見て、紲の心臓は止まりそうになる。足捌《あしさば》きなど見えないほど速い動きの果てに、一人と一頭はまともにぶつかり合った。人が車にはねられたかのような衝撃音がして、二つの体が芝の上に叩きつけられる。けれど着地時には体勢を整え、ルイは靴裏《くつうら》と片手をついたまま芝を滑《すべ》って焼いたような軌跡を残した。

「ルイッ！　ルイ、やめてくれ！　なんでもないんだっ‼」

紲にできるのは叫んで止めることのみで、一声で声を嗄《か》らせる。

ルイの右手の五指からは硬化した赤い血が長い爪状に伸びており、彼は再び蒼真に襲いかかろうとしていた。漲《みなぎ》る殺気は凄まじく、シャツが空気を孕《はら》んだように膨らみ、風とは無関係に髪が揺れ動いている。

ルイに分があるのは歴然《れきぜん》としていた。自分の血を消費しているうえに日中という悪条件ではあるが、遠隔攻撃《えんかくこうげき》ができるほうがどう考えても有利に見える。

『大盤振《おおばんぶ》る舞いして蝙蝠飛ばし過ぎじゃないか？　貧血起《ひんけつ》こす吸血鬼なんて恰好《かっこう》悪いぜ』

「黙れっ、このケダモノが！　私の物に手を出したことを後悔させてやる‼」

『恋ってやつはここまで男を狂わせるもんなのか？　俺は一生無縁でいたいねっ‼』

蒼真は真っ赤に染まった体でルイと対峙し、耳がおかしくなるほどの咆哮《ほうこう》を上げる。

虎《とら》や百獣《ひゃくじゅう》の王《おう》を彷彿《ほうふつ》とさせる獰猛《どうもう》な声に乗って、周囲に茉莉花系の香気が広がった。

普段の蒼真の体臭とは違い、もっと甘く痺《しび》れるような匂いが風上《かざかみ》からルイのほうへと伸びていく。その瞬間、紲はルイが動揺したのを見て取った。風下におびき寄せられていたことに今気づいたらしいルイは、類稀《たぐいまれ》な瞬発力で移動する。

『俺が人間喰ったばかりなのを忘れたか？　嘗めんなよ吸血鬼っ！』

蒼真が再び吼《ほ》えた時にはもう、ルイの動きは鈍《にぶ》くなっていた。瞬時に風上に移ったものの、

毒香を吸ってしまった様子で口を押える。爪のように固めて伸ばした血も崩《くず》れ、液体に戻ってボタボタと芝に落ちた。

「……っ、くう……！」

「ルイッ！　危ない!!」

逆光に豹のシルエットが駆け、襲いかかる鋭い爪がルイのシャツを裂く。白い背中の表面が傷つき、幾筋《いくすじ》もの血が噴《ふ》きだした。意図しない出血は扱えないのか、飛び散った大量の血液は青空にし吹いて、真夏の芝を染めていく。

「ルイ――ッ！　ルイ……ッ！　蒼真っ、やめてくれっ！　もうやめてくれ!!」

紲は比較的風上に居たにもかかわらず、蒼真の放った毒香の影響を強く受けた。がくんっと体の力が抜け、膝から倒れ込む。それでもルイに向かって手を伸ばし、「やめてくれっ」と、声を振り絞《しぼ》って訴えた。

二人は紲のほうを向きはしなかったが、声を聞き、意識しているのは感じられる。

どちらも出血によって足下が覚束《おぼつか》なくなっており、肩や頭の位置が下がっていた。これ以上戦えば共倒れになることは明らかで、殺意を交わしながらも次の攻撃には出ない。その間に、蒼真の傷もルイの傷も塞がり始め、出血量も減っていった。

『お前、不当に俺を襲ったよな？　教会には黙っててやるから、密猟団の残党を始末させろ』

赤い被毛に黒い斑紋という血腥《ちなまぐさ》い姿になった蒼真は、渦巻《うずま》く憤怒《ふんぬ》を練り込んで吼える。

頭に届く声も耳に届く声も、抑え切ることのできない復讐心《ふくしゅうしん》に震えていた。

「――好きにしろ」

ルイが答えるなり、蒼真はプルプルッと体を振って血を飛ばす。赤い蝙蝠や、ルイの爪状の血でつけられた傷はまだ残っていたが、本当に殺したい相手を求めて一気に走りだした。

豹の毒香によって立ち上がれない紲は、ルイの背中の傷がほぼ塞がっているのを見て安堵《あんど》の息をつく。けれど蒼真の身が心配で、すぐに動悸《どうき》が激しくなった。魔力が使える状況とはいえ、ルイと戦ったばかりの蒼真が武器を持った大勢の密猟者を相手に独りで戦えるのか――紲には蒼真の力の度合いも回復具合もわからず、不安が鼓動に乗って駆け上がってくる。

「ルイ……蒼真を独りで行かせて大丈夫なのか？　また捕まったりしたら今度は皮を剝がれるかもしれない！　蒼真は血を見て興奮してて、冷静じゃない気がする……止めないと！」

目の前にやって来たルイに、紲は芝に突っ伏した状態で訴えた。

同時に彼の顔色の悪さに気づく。目の下や唇が、薄い紫色を帯びていた。

「蒼真が皮を剝がされたら、それを手に入れてコートを作ってやろう。冬を待たずに着られるよう、極寒の地に移動したいところだな。お前と一緒ならば世界中のどこでも構わない」

「ルイッ」

身を屈めたルイの手で顎に触れられ、拭う仕草をされる。先程蒼真が触れた所だった。

「一族も教会も関係のない所で、二人だけで暮らしたら……お前はあのように他の男に微笑みかけたりしなくなる。こんな屈辱は二度と御免《ごめん》だ——お前を閉じ込めてしまわなければ……」

「ルイ……ッ、何やって……やめてくれ！」

紲はろくに動けないまま抱き上げられ、至近距離に迫るルイの目つきに慄《おのの》く。

彼を本気で怖いと思ったその時、薄紫色の唇の向こうに牙が見えた。

「お前にも罰《ばつ》を与えないといけないな……もう二度と、私を裏切る気にならないように——」

「……っ、い、ぁ、あぁ、っ……ぐあぁぁぁ——っ!!」

ルイの両手で抱えられたまま左肩を咬まれ、紲は四肢を痙攣させる。

これまでの戯《たわむ》れな咬みかたとは違い、牙が肉の奥まで深々と食い込んできた。

そして程なくして気づかされる——毒が効いてこない。ルイの牙はただ傷をつけるのみで、麻酔になる毒を紲の体に注入していなかった。眠気も快楽も訪れない。ただ痛みだけが全身に伝わってきて、関節が外れたかのように左肩が怠《だる》くなる。

「や、や……め……っ、痛……ぃ、っ……！」

密着した唇は冷たく、その先へと吸い込まれていく血の温度がよくわかった。麻酔が効いていないためすべての感覚が冴《さ》えており、痛みが強過ぎて気が遠退《とおの》く。いっそのこと気を失いたかった。左肩が痛くて痛くて、今はもう、痛みのことしか考えられない。

「——紲……お前は私の番だ。死が訪れる瞬間まで共に生き、毎夜愛し合おう。お前を決して放さない。誰にも触れさせず、永遠に……私が守る。必ず幸せにする」

いつの間に唇が離れたのかわからず、時間経過も曖昧《あいまい》だった。

傍に居るのに声が遠い。薄らと目を開けているのがやっとで、ルイの輪郭《りんかく》が不鮮明《ふせんめい》になる。

ぎらりと輝く瞳も赤く色づき始めた唇も、すべてが闇《やみ》に呑み込まれていった――。


寝台が軋む音が、いつまでも響く。外はもう暗く、月明かりが室内に射し込んでいた。

紲はルイの血液が帯状に変化した物で手足を縛られ、寝台に対して横向きに括《くく》りつけられていた。天蓋を支える四本の柱に繋がれたまま脚を大きく広げており、延々と肉の器《うつわ》にされる。

ルイはマットには上がらず、寝台の横に立った状態で何時間も腰を叩きつけてきた。

人間に変容しないルイの精を受けても力にはならず、疲労のあまり快楽も痛みも何もない。

紲自身、変容しないまま犯され続け、吸収できずに溢れた精液が床に水溜りを作っていた。

「――っ、も……や、め……」

腰を揺らすルイの姿が、誰だかわからない黒い影に見える。

ルイの顔が頭上に来ていることを、きちんと認識できる時もあった。そうかと思うと自分に伸しかかって死んだ父親に見えたり、ただの影に見えたりもする。果てしない恐怖とルイへの失望が紲を追い詰め、最早《もはや》まともに話すことさえできなかった。

話せたとしても、蒼真とは何もないと弁解する気もなくなっている。そもそも全部見ていた彼が完全に誤解しているとは思えず、弁解したからどうなるというものでもなかった。

これから関係修復に励《はげ》もうとも思えない。

紲にとって凌辱行為はそれだけ重く、絶対に許すことはできなかった。

ただ……こうなってもルイを完全に憎《にく》めない自分がいて、むしろ彼を気の毒とさえ思う。

淫魔の魔力が効いていなくても、己《おのれ》を律し切れない状態に追い込まれたルイは不幸だ。この力によって人生を狂わされた人々となんら変わりがない。

自分も今とても絶望的な気分で、伝統あるスーラ一族にも衰退の危機が迫っている。

そんな不幸な愛は、愛ではない。現状の孤独から二人で逃げて……たとえその先に快楽の日々があっても、心が満たされる日は来ないだろう。運命的に出会って恋したからこそ、傷を舐め合うだけの関係で終わりたくない――。

「――……ッ」

ルイが微《かす》かに呻《うめ》き、吐精する。何度目かわからなかったが、尋常《じんじょう》な数ではないことは確かだ。

彼は紲の左肩からだらだらと流れる血を舐めては精力を回復し、拷問《ごうもん》のように犯《おか》してきた。

紲が幾度《いくど》となく気を失っているのも、心が凍《こお》りつくのも構わずに、延々といつまでも――。

「あ……っ、ぅ」

ようやく満足したのか、ルイは紲の温度になった雄茎を引き抜く。

熱く燃えていたそれが抜けると、ぽっかりと開いてすぐには塞がらない肉孔から精液が零《こぼ》れでた。恥じる気力もなく、紲は緩んだ手足の帯に目を向ける。赤い血の帯は血液に戻るのかと思ったが、蒸発《じょうはつ》するように散って消えていった。

「こんな罰を与えたかったわけではない。私は、お前を大切にして可愛がりたかった」

衣服を整えるなり勝手な台詞《せりふ》を吐くルイから、紲は首ごと目を逸らす。

自分にとって犯されるという行為がどういうことか、ルイには話したはずだった。どうしてわざわざその行為を選んでここまでするのか、理解の範疇《はんちゅう》を越えている。

これもまた愛情表現の一つだなどと語られたところで、凍《い》てついた心が溶《と》けることはないだろう。愛があろうとなかろうと、紲には絶対に許せないことだった――。

「私の番として、生涯私だけを愛すると指輪に誓え。そうすれば私は、全身全霊の愛をお前に捧《ささ》げる。私と一緒に生きてくれ」

真紅の誓いの石が嵌《はま》った指輪を差しだされ、無理やり左手を摑まれた。

吸血と拘束によって鉛《なまり》のように重たくなった左手は、肘《ひじ》を引くことすら儘《まま》ならない。

「やめろ……っ、そんなの要らない！　見たくもないっ」

腹の底から振り絞った声に、ルイは瞳を丸くする。

信じられないという顔をされ、紲の胸には堪えがたい怒りが込み上げた。

「愛情なんか要らない……お前の想いは身勝手で重たくて鬱陶《うっとう》しい！　一緒に居ると疲れるし、どういう奴かよくわかったからもう別れる！」

「紬……っ」

「これから何をしてもらっても許さない。だから番にもならない！　絶対ならない‼」

自分の声とは思えないほど太く強い怒鳴り声が、部屋中に響く。

ルイは眉間《みけん》に皺《しわ》を寄せて再び激昂《げっこう》しながらも、指輪を押しつけてきた。

紬の左手を摑んで薬指に通し、嫌がって暴れても指の付け根まで嵌め込もうとする。

『結婚の約束のようだろう？　私はそのつもりだ。生涯お前だけを愛するのだから――』

わずか半日前、ルイにそう言われたのを思いだす。

あの時は……火照りはしないルイの白い頬が、ほんのりと染まっている錯覚《さっかく》を覚えた。今は青ざめて震えているように見える。怒りと悲しみ、或《あ》いは後悔も少しはあるのかもしれない。

「やめろ！　こんな指輪要らないっ！」

「お前は私の物だ！　私の番……私の、運命の恋人だ！」

「違うっ、俺は蒼真と番になる！　お前とは二度と会わない！」

「――……っ……何を……馬鹿な……っ！　私ではなく……蒼真と？」

「アイツはお前よりまともだしっ、生きてくうえで相性がいいからな！　俺が探していたのは蒼真だっ、永遠の友人でいられる……運命の相手だ！」

紬は辛《かろ》うじて動かせる右手で指輪を抜き取り、渾身《こんしん》の力で投げ捨てる。

それはルイの背後にある鏡《かがみ》にぶつかって、蜘蛛の巣のような亀裂を入れた。

跳ね返って床に落ち、転がりながら戻ってくる。

「……っ、許さない……たかが赤眼の、淫魔の分際《ぶんざい》で……よくも私を……っ！　殺してやる、お前を……殺してやる!!」

月明かりに光る赤いルビーを見ていた紲を、ルイの牙が襲う。

悲鳴もろくに出せなかった。首筋に刺し込まれた牙で、頸動脈を傷つけられる。

「——っ、ぅ……ぐ、ぁ……ぅ……！」

泉のように血が湧きだし、それをごくごくと飲み干されていった。

せめてもの情けなのか、程なくして毒が回ってくる。麻酔として作用し、痛みが消えた。

それでも心の痛みが和らぐことはない。閉じた瞼の裏側に、非業の死を遂《と》げた両親の顔や、争い合う人々の顔が繰り返し繰り返し浮かんでくる。そこにはいつも狂気があって……いつも、自分が中心に居た。

——結局、周囲の人間を不幸にするばかりで……誰も幸せにできないまま……。

このまま自分は死ぬだろう——本当に忌まわしい身だったけれど、せめて最期に一つ願いが叶《かな》うなら、ルイに心から嫌われて終わりたいと思った。好きな相手を殺したのではなく、身の程を弁《わきま》えない愚《おろ》かな下級淫魔を、粛清《しゅくせい》しただけだと思えるように。ルイが苦しまず、気持ちを切り替えて、いつか幸せになれるように——。

4

紬の百歳の誕生日から六日が経ち、ルイは紬を連れて銀座に来ていた。蒼真から提案されてすぐに実行に移さなかったのは、飛びついたと思われると癪《しゃく》だったからだ。

紬は京都の香老舗《こうしにせ》が春にオープンしたインセンス店や、調香用器具や消耗品を販売している香料専門学校の付属店舗に寄ったり、大型画材店や書店で時間を費やしたりする。

特に書店での時間は長く、画集や写真集の中身を確認して数多くの書籍を購入していた。

タイトルが並んだメモを片手に、「ネットで注文できない本もあるし、やっぱり実物を見てから買いたくて」と呟く顔は嬉しそうで、ルイは文句一つ言わずに付き添った。

人混みが苦手だから買い物はそれほど好きではないと前置きしつつも、久しぶりに買い物に出た紬はテンションが上がっていて、デパートの地下街を少し不慣れな様子で歩き、ネットで取り寄せできない和菓子や漬物《つけもの》を買う。上階では、華美ではないが比較的上質なバスグッズをシリーズで一気に購入し、自分で支払いつつも何故か、「もう古くて、買い替え時で」と言い訳してみたり、手触りのよいオーガニックタオルを見つめながら値札を見て悩んだりする。

びっしりと書き込んだメモの通りに予定を消化し、予定外の物も買った紬は、ルイの傍《かたわ》らで何度か笑みを浮かべていた。

直接笑いかけてくれたわけではないが——自分の行為によって紲を楽しませることができているのだと思うと、それだけで幸福を感じられた。

何かプレゼントしたくても拒否《きょひ》されるので、せめてと思い荷物を持ってみたルイだったが、自分が紲の荷物を受け取った途端《とたん》に虜《とりこ》が手を出してくるため、結局一瞬持つだけで終わる。

ルイ自身、どうしたら紲をもっと喜ばせられるのかわからず、何かを買う度に受け取っては、六人の虜の誰かに渡す流れになっていた。

「荷物持ちにさせて申し訳ない気がする……重い物は配送にするつもりだったのに」

「若い男ばかりだから問題ない。虜になると人間だった時よりも身体能力が増すしな」

「……どうして使役悪魔を連れずに虜だけを連れてきたんだ？　昔は全員使役悪魔だった気がしてたけど……本当は違ったのか？」

他には誰も乗っていないデパートのエレベーターの中で、紲は虜を気にしながら訊《き》いてきた。

一階へと下りる小さな箱の中には、毛皮のロングコートとサングラスを身に着けたルイと、メルトン生地の紺《こん》のダッフルコートに眼鏡《めがね》という……一見学生風な変装状態の紲、黒コートとスーツ姿の虜六人が居る。

虜はヴァンピールとは違って老化《ろうか》するので問題ないが、ルイや紲は老《お》いないため、昔の知り合いに鉢合《はちあ》わせしそうな場所では顔を隠すほうが賢明《けんめい》だった。

「以前も少しは連れていた。若いうちは人間化した赤眼よりも美味《うま》いからな。最近は見栄《みば》えのよい虜を、側近兼食餌として連れ歩いている」

「そう、か……なんか、ロボットみたいだ。使役悪魔以上に意思が感じられなくて……」

この六日間、虜はルイの好みに合うワインやパンやチーズを配達する程度で、紲とまともに接触があったわけではない。そもそも虜というものをほとんど見たことがない紲には、彼らの無機質な目が気になるようだった。

「教会の考えかたでは、赤眼でも虜でも眷属《けんぞく》は眷属だからな。赤眼が減っていくのを避けられないなら、その分、虜を増やして一族の数を保つしかない。風当りは強くなるが、一応体面は保てる」

「……え？　赤眼……減ってるのか？」

紲に意外そうな顔をされたルイの気分は、あまりよいものではなかった。

ただ、意外に思われても仕方がないとは思っている。六十五年前の別れ際のことを考えれば、あれから子供を作り続けていると思われても当然なのだろう――。

「虜には、私に子供を作らせようという使命感がない。赤眼に囲まれているより気が楽だ」

お前に操《みさお》を立てて子供を作るのをやめた……とは言いたくなくて、ルイは少し言葉を濁《にご》した。

使役悪魔と虜の数は八対二くらいが理想とされているが、スーラ一族は現在逆転した状態になっている。死にかけている人間を虜にし、若く美しい者だけを侍《はべ》らせて華々《はなばな》しく装いながらも、使役悪魔とは距離を置く。女王や他の一族からどう見られようと、それがルイには合っていた。紲と出会う前は耐《た》えられた種付け行為が、今はどうしても耐えられない。

「──子供、作って……ないのか？」

エレベーターの扉が開く寸前、小声で問われた。

紲の声は少し高くなって張り詰めており、緊張《きんちょう》しているのがわかる。

ルイは自分が紲に特別愛されていると信じていたが、それは絶対的なものではない。

再会した日に淫魔であることを盾《たて》にされ、「お前が特別なわけじゃない」と言われて以来、それまであったはずの自信が脆《もろ》くなっていた。何を言うのも、本当は怖い──。

お前の想いは身勝手で重たくて鬱陶しいと言われ、一緒に居ると疲れるとも、これから何をしてもらっても許さないとも言われた──だからルイは、この六十五年間に自分が紲を想って何をしたとかしなかったとか、そんなことを堂々とは語れないのだ。

自分がよかれと思ってやったことが、紲にとっては不快なことかもしれない。愛情が冷める原因になってしまうかもしれない。紲が何をどう感じるかわからないからこそ、読めないからこそこんなに愛していて、不安で──何かを告白しようとすると胸が絞《しぼ》り込まれる。

「子供は、作っていない……お前にそう誓ったはずだ」

デパートの一階のエレベーターホールに出るなり、ルイは歩きながら答えた。

驚きの表情を見て取ることはできたが、サングラスのせいで肌色の変化はわからない。

紲は今、頬を染めているのだろうか？　愛の証明として受け取って、喜んだり照れたりしてくれているのだろうか？　それとも、独善的《どくぜんてき》で重苦しい愛だと呆《あき》れているのだろうか——。

「……うちの、買い物に付き合わせてばかりで……ごめん。どこか行きたい所は？」

心臓が軋《きし》むような想いで言ったのに躱《かわ》され、そのまま歩き続けると西日に晒された。強い陽射しに、ルイは軽い眩暈《めまい》を起こしかける。今日はどこへ行っても人が近くに居たので、人口密度の高い国ならではの人間酔《よ》いもあって疲れていた。そんな時に「うちの……」などと括《くく》られたうえにはぐらかされると、疲労が一気に増してくる。

「——お前の香水を置いている店に行きたい」

早く日没になってくれと願いながら、ルイは紲に向かって言った。

憮然《ぶぜん》とするのも怒るのも簡単だったが、今は紲の機嫌を損《そこ》ねたくなかった。

この六日間、仕事をさせないほどの勢いで紲を抱き続けたルイだったが、牙から毒を注いだ時だけ素直に求めてくる紲を、微笑ませることは一度もできていない。それでも一緒に居ると抱きたくて抱きたくて欲望が抑え切れなくなり、求められたいばかりに毒に頼ってしまう。

同じベッドで一緒に眠ることも、威令を使うか、もしくは威令を使うぞと脅《おど》すような空気を醸《かも》しださないと叶わず、紲は常に嫌々やっているというオーラを返してくる。今日、こうして普通に買い物をしているのは嘘のような話で——最後まで楽しそうにしていて欲しかった。

「ここの一階でも売ってるけど……近くにフレグランスの専門店があるから、そこに行こう」

困り顔にも見えたが、紲は微笑みに近い顔をする。度のない眼鏡のレンズの向こうで、瞳は確かに輝いていた。

銀座のデパートを出てブランドショップの旗艦店の前を歩いているうちに、ルイは本格的な頭痛を感じ始める。紲が用事を全部済ませるためには軽井沢を朝のうちに出なければならず、日光も日中の行動も得意ではないルイには、厳しい状態になっていた。

紲は何度か「休まなくても平気か?」と訊いてくれたが、あまり顔を直視しないようにしているせいか、ただ口で問うだけで——ルイが「平気だ」と答えればそれで終わった。

紲に向かって疲れただの休みたいだのと情けないことを言えるはずもなく、買い物に夢中な紲の横顔や脈打つ首筋を見て、血の味を想像しながら気を紛らわせて過ごしていた。

「——これ、一昨年《おととし》わりとヒットしたやつで、ブルガリア・ローズの天然香料を贅沢に使ったオー・ド・パルファンなんだ。トップノートはレモンやオレンジ系なんだけど……」

十七世紀のパリのサロンをイメージしたと思われる店内で、紲はムイエットと呼ばれる吸い取り紙に香水をスプレーする。

それはグラースにある大手香料会社『le lien《リアン》』が発売した大ヒット香水だった。淡《あわ》い紫色の硝子《ガラス》容器に入っている。硝子には特殊加工が施《ほどこ》され、光の加減で透明にも見えた。

「メロンの香りもする。ミドルノートはローズとスズラン、カーネーション。透明感があってとても女性的な香りだったな。一昨年のパリはこれで満ちていた」

「なんだ、知ってたのか……よかった、売れてるとは聞いてたけど実感がなくて」

紲はムイエットを捨てると、スンッと鼻を鳴らす。そして店の奥へと入っていった。自分の香水がどこにあるのか知っているわけではなく、鼻を頼りに目当ての物を見つけだす。

世界各国の香水がひしめき合う店内は、混じり合ってなお麗《うるわ》しい香気に満ちていた。狭《せま》いので虜は外で待たせているが、男二人と他の数名の女性客、そして店員だけでいっぱいいっぱいという状態で、少々息詰まる。

客をアンティークの椅子に座らせ、好みに合わせたフレグランスを説明しながら丁寧に売る専門店ではあるものの、幸い店員は全員接客中だった。二人だけで香水を試すことができて、紲は迷わず黒い香水瓶を手に取る。漆《うるし》を使った小さなボトルには、万引き防止用のチェーンと透明プラスティックの台座が取り付けられていた。天然香料百パーセントのうえ強い持続性を持つ高濃度のエクストレということもあり、香水としては非常に高価な一品だ。

「これ、さっきの香水を出してくれた『le lien』の子会社の物なんだ。向こうでは売れる物を狙ってるけど、こっちでは好きなようにさせてもらってる。企画段階では絶対無理だと思ったくらい贅沢にローズ・ドゥ・メを使用してて、ムスクも希少《きしょう》な天然物を使ってるんだ」

紲はムイエットを軽く振って渡してきて、「嗅いで」と言わんばかりの目で見上げてきた。

あえて嗅ぐまでもなく知っていたが、ルイは黙って薔薇《ばら》の香気を吸い込む。

「……霊猫香《シベット》や梅の香りも感じるな……オリエンタル・ノートというにはグラース産の薔薇の

香りが強いが——とてもミステリアスで官能的だ」

心から褒《ほ》めると、紲の口元がわずかに緩《ゆる》んだ。気まずいのかすぐに目を逸らし、指先を他の瓶へと彷徨《さまよ》わせる。

紲が二年前に作ったこの香りを初めて嗅いだ時、ルイは自分が愛されていると直感した。忘れられてはいないこと、特別な想いを持たれていることを、嗅覚で知ることができた。

この香水は、自分をイメージして作られたものだと思ったからだ。

体臭は人それぞれ違うが、吸血鬼は薔薇の香りと言われている。ルイには自分の匂いがよくわからないので、最初は直感頼りで半信半疑な思いもあった。鼻の利く誰かに訊いて確認したくなって、教会の会合の際に持って出かけてみた。管理区域が近い貴族悪魔が集められる中、至高《しこう》の嗅覚を誇《ほこ》る狼族《おおかみぞく》の獣人《じゅうじん》に訊いてみると、「お前の匂いに似てる」と即答された。

「……ルイ？　ぼんやりして、どうかしたのか？」

紲は絶対に、絶対に自分を愛している——そう確信して悦《よろこ》びに打ち震えたあの時の気持ちが、今こうして紲を前にしていると揺らいでしまう。最初から、いい匂いがすると言われていて、そして紲は調香師で……単に匂いだけが好きなのかもしれない。似た香りの香水を作ることが、愛の証《あかし》だとは言い切れない。

「この容器……珍しいな。漆黒のボディに赤いベネチアングラスの蓋……随分と毒々しい」

「インパクト抜群《ばつぐん》だし合ってるだろ？　さっきのボトルもそうだけど、そのデザイナーさん、俺の頭の中を覗《のぞ》いてるんじゃないかと思うくらいぴったりな容器を作ってくれるんだ。それは特に気に入ってる。オリエンタルな雰囲気も出てるし、高級感たっぷりで最高に綺麗だ」

「そう、だな……」

「それに『le lien』が作る容器ってデザインだけじゃなく品質も完璧なんだ。日本人の俺から見ると、正直ちょっと、海外のフレグランスボトルやディスペンサーの作りって満足できない難点が多く見られるんだけど——つまりその、壊れやすかったり開けにくかったり、プッシュした際の戻りが悪かったり詰まりやすかったり、液だれしたり。いくら製品自体がよくても、そういうストレスがあると台無しになるだろ？　香水を着けるのは日常的であって欲しいけど、それでも毎回優雅《ゆうが》な気分で愉しみながら着けて欲しい。そういう作り手としての想いを叶える容器を作ってくれて、いつも気持ちよく仕事させてもらってるんだ。しかもこの通り、思わず飾っておきたくなるようなデザインだし。色もフォルムも素晴らしいよな……」

紲は漆黒の小さなボトルを見つめながら、熱っぽい口調で語る。

紲という名は絆《きずな》を意味し、『le lien』も同じ——それを紲自身が気づく必要はなかったが、今やフランス一と言われるまでに成長したその香水会社は、ルイが六十年前に買収して社名を変え、より大きく成長させたものだった。

当時グラースで調香の勉強中だった紲は、教会から与えられた新しい戸籍《こせき》を利用し、実際の年齢よりも遥《はる》かに若い新人調香師として、蒼真と暮らしていた。すでに紲と離れていることが限界だったルイは、紲の好きな分野で少しでも繋がっていたくて、香料会社の陰《かげ》のオーナーとして専属契約にこぎつけた。それから先──虜に手紙を書かせたり電話をさせたり、近年では自分でメールを打ってやり取りして、紲と間接的に繋がりを持ち続けている。

実際に嗅ぐまではわからない紲の香水の魅力《みりょく》を視覚的に消費者に伝えるべく、香水の容器のデザインには特にこだわって、一つ残らず自分が手掛けてきた。

「……どうして、私にこれを嗅がせるのだ？」

「あ、いや別に……ただ、好きそうかなって……や……好きだったら、いいなと思って」

「──ああ、好きな香りだ。とても……」

ルイは漆のボトルを取って左手首にスプレーし、心地好い薔薇の香気を吸い込む。

相性のよい香水は、いい香りと感じるものだ。

この香水は間違いなく自分をイメージして作られた物──改めてそう思いながらも、ルイは何も言わなかった。紲に真実を話した時、重たいと嫌がられるのか、愛情を信じて喜んで受け入れてもらえるのか、それはわからない。ただ、今はとても話す気にはなれなかった。

紲のために何かしようと思ったわけではないから……自分が繋がりを持ちたかっただけ……そして、別人としてでも好意を寄せてもらいたかっただけ。それが成功している以上、余計なことを話して壊したくない。ルイにとってはそれくらい大切な、命綱《いのちづな》のような絆だった──。

フレグランスショップを出て紲と歩いていたルイは、頭痛と疲労を隠しながら日没を待つ。空は赤く染まり始め、あと少しで楽になる時間が訪れようとしていた。

「買い物は全部終わったのか？」

「俺のは終わり。ルイは？」

レンズ越しだったが、険《けん》のない顔つきで「ルイは？」と訊かれてどきりとする。

蒼真の提案通りに動いて上手くいったのは些《いささ》か面白くなかったが、紲の満足げな顔を見ると満たされて、疲れも吹き飛んだ。他人の目には涼《すず》やかな美青年に映るに違いない紲が、愛らしく見えて堪らない。

「私は何も……車が来た。もう帰ろう」

虜に駐車場から持ってこさせたリムジンが目の前に来ており、ルイは一刻も早く車に乗って紲と二人きりになりたかった。抱きたい衝動が駆け上がっていたが、今は黙って体を寄せ合うだけでもいい。とにかく早く、暗い所で紲と二人になりたかった。

「あ、ごめんっ、一個忘れてた！　メモに書いてないやつがあったんだ」

車が路上に停まる寸前、紲は道路の反対側のブランドショップを見て慌《あわ》てだす。

書籍や調香用器具やインセンスは別として、これまでは金額と照らし合わせて慎重に購入を検討していたので、その行き先は意外に思えた。

銀座の一等地に石造りの店舗を構えるフランスのハイブランドは、学生のような恰好をした紲とは結びつかない。ただしルイには馴染みのあるブランドだった。

ルイは衣服に関してはオートクチュールを身に着けることが多いが、物によっては一点物にこだわらない。プレタポルテ・ブランドの小物を手に入れることもあり、今日身に着けているサングラスは、この店のパリ本店で買った物だ。

「あ、もう疲れただろ？　車の中で待っててくれ。買う物は決まってるし、すぐ戻るから」

丁度近くの歩道が青信号だったので、紲は言うなり小走りで道路を渡っていく。

リムジンが停まって虜が後方の扉を開けたが、ルイは乗り込む気になれなかった。

——……イルミネーションが……。

紲がブランドショップに入ると同時に、街路樹《がいろじゅ》が一斉《いっせい》にライトアップされる。

これまでにもクリスマス時期だと感じさせる物はいくつも目にしてきたが、これがもっとも大々的に感じられる。

キリストの生誕祭は悪魔にとって無関係ではあるものの、特に忌々《いまいま》しいとは思わない。粛然《しゅくぜん》としたものであろうと、本来の意味からかけ離れた馬鹿騒ぎであろうと、人間によって作られた一行事に過ぎないからだ。必要があれば、運営している会社にそれらしき催しをさせたりもする。ルイが傘下《さんか》に置く『le lien』でも、クリスマス商戦は当然あった。

——遅いな……。

残照の中で自分と一緒に夜を待つＬＥＤ電球からは、輝き切れない間抜けな印象を受ける。

二十分以上経っても紲が戻る気配はなく、独りで注目を浴びている状況に嫌気が差してきた。

黒塗りのリムジンと、毛皮のロングコートを着た長身の外国人という組み合わせは、どうしても目を惹く。近頃は携帯などで気軽に写真を撮られてしまうので、一ヶ所に立ち止まるのは避けるべきだった。

――混んでいるようだな……。

不景気にもかかわらず、紲が入った店は出入りが激しい。

虜を待たせたルイは横断歩道を渡って、店の中に入ってみた。

淡いベージュを基調とした店内には革製品の匂いが漂《ただよ》い、美術館で展示物でも眺《なが》めるような姿勢の客でごった返している。

その中で紲は、大理石のローテーブルに向かってカード決済のサインをしていた。

傍らには豪勢《ごうせい》な焦げ茶色の箱が入った同色の紙袋が置かれており、箱には白地に銀の星々が散らされた太く艶やかなリボンがかかっている。明らかにクリスマス用の包装だ。

何を買ったのか見たくなったルイは、店の入口付近で変容し、サングラスの奥の瞳を紫色に変える。視力が格段によくなって、サインや購入商品の金額が見えた。二十万――少し高めなタオル一枚買うにも考え込んでいたこれまでと比べると、違和感のある数字だ。

「ルイ……ッ、あ……ごめん、混んでて時間かかっちゃって」

貴族は意図せずとも他の悪魔を引きつけるので、変容したことですぐに気づかれる。

紲は見送ろうとする店員を振り切って寄ってくるなり、何故変容したのか訊きたそうな顔で見上げてきた。

「買い物はこれで終わりか？」

ルイは変容した理由は言わず、紲が肩から下げた袋を受け取ろうとする。

すると紲は肩を揺らして逃げ、「これはいいんだ。自分で持つ」と言った。

不意に危険な期待が芽生《めば》えてしまう。独りで買いたくて、自分には預けたくない品物、クリスマス用の包装、フランスのハイブランド——条件が揃い過ぎていて、勝手に膨らむ期待感を潰し切れない。きっと違う、違うと思っていろと言い聞かせても、頭の奥で夢が覚めない。

「随分大きな箱だな。何を買ったのだ？」

クリスマスまでもやもやと待ち続けている自信がなく、さりげない振りをして訊いてみた。

紲が「秘密」と言うのを心待ちにしていたが、実際には「バスローブ」とあっさり答えられてしまう。さらに「あれ」と、店内にある黒いトルソーを見るよう促《うなが》された。

「！」

紲の指先にあったのは、豹柄のバスローブ——メンズで、光沢のあるパイル地の物だ。

ルイの目にはなんの魅力もない、暴利を貪《むさぼ》る馬鹿馬鹿しい商品として映ったが、それを恰好いいと言って好む人間がいるのはわからないでもなかった。下品になりがちな豹柄を、比較的大人しく上品な色調で整えてある。秋冬のコレクションとして作られた物のようだった。

「蒼真へのクリスマスプレゼント。本物の毛皮は絶対駄目だけど、豹柄の商品は好きなんだ、アイツ。スーツケースもスリッパも豹柄だし、他にも色々集めてる……落ち着くらしくて」

紲は紙袋をポンと叩きながら、「今年はちょっと奮発《ふんぱつ》してみた」と言って苦笑する。

そうか……と言ったつもりだったが、声が上手く出なかった。胸の辺りで痞《つか》えて苦しい。

クリスマスには無縁《むえん》の生き物とはいえ、戸籍をいくつも持っている関係で自分の誕生日にも他人の誕生日にも興味がなくなるのはわかる。だからこうして、毎年クリスマスプレゼントを贈り合っているとしても不思議《ふしぎ》ではない。年に一度だからと奮発するのもわかる。けれど頭でいくら納得しても、気持ちがついていかなかった。

「今年からは、お前にも……あげようと思ってる」

店を出るなりぽつりと呟かれ、突然光が射したように感じられた。

外はすでに暗く、クリスマスイルミネーションが煌《きら》めいている。

ルイの心中も同様に、闇に光が射《さ》してきらきらと瞬いた。

「クリスマスに間に合うように、空輸するから」

「……っ」

「それまでにはイタリアに帰るだろう？　貴族同士は長く一緒に居られないんだし……蒼真と一緒に居て、突然女になったりしたら困るもんな。なんとなくお前がなりそうだし」

天上から煉獄《れんごく》に堕《お》ちる感覚は、こういったものだろうか——。

これは紲の譲歩《じょうほ》かもしれない。或《ある》いは追い返すための嫌がらせかもしれない。

男のプライドを挫《くじ》くようなことをわざわざ言ってまで、自分を退《しりぞ》けたいのだろう。

紲が一番嫌がることをしてしまったのは過去の自分で、二度と会わないとも殺すとも言ってしまった。連日連夜抱かずにいられない今の自分も、紲を苦しめているのかもしれない。

素直になれないだけで、本当は悦んでいると思いたがる自分は愚かなのだろう。それなのにこう言ってもらえるだけ、ましだと思わなければいけないのかもしれない——。

「確かに……蒼真といつまでも一緒に居るつもりはない。明日の夜は満月だ。月が満ちたら、お前をヴァンピールにして連れ帰る。クリスマスは私の城で過ごそう」

諦《あきら》めることも、欲求を鎮《しず》めることもできない。

この六十年間、顔のない別人として紲と香水を作ってきた。だから耐えてこられた。

本当の自分自身としても、紲と共に同じ時間を共有したい。

同じものを見て同じ感じかたや別の感じかたをして、困ったり驚いたり喜んだり、胸を締めつけられたりしながら、二人だけの愛を育《はぐく》んでいきたい。

「お前は千年の命を私と共に生きる。その覚悟を決めろ」

リムジンに乗り込むなり告げると、紲は黙って眼鏡を外した。

車体に沿ったロングシートの中央で、何か言いたそうに唇を開く。

紲が何を考えているのかわからず、ルイはひたすら我慢して答えを待とうとした。

ところが紲は黙々とコートを脱いで、ニットとシャツに覆われた左手を捲《まく》りだす。白い腕を露《あら》わにし、視線を真っ直ぐ向けてきた。

「今日は一日中付き合ってくれてありがとう。お前と一緒に居ると見ため的には目立つけど、声をかけられたり付き纏《まと》われたりはしないから、安心して買い物できた。日中の行動だったし疲れただろ？　これ、御礼にもならないけど……」

走りだした車の中で、紲は席を移動してくる。

ルイが座っていた後部座席の隣に移り、青い血管の透ける左手を差しだしてきた。

買い物に付き合ってもらった礼に、お茶をご馳走《ちそう》するような――そんな流れで血液を飲めと言われても、素直に飲む気にはなれなかった。確かに頭痛は解消され、疲労も立ち所に消えるだろう。太陽も姿を隠したので万全《ばんぜん》な自分になれる。けれどきっと、とても虚《むな》しい。

「お前がヴァンピールにならないのなら、蒼真を殺す」

「……っ！」

「本能的欲求を満たしていればそれなりに手強《てごわ》いが、代用食で済ませている蒼真など私の敵ではない。お前が私の物になる妨《さまた》げになるのが蒼真なら、殺して未練を断ち切らせるまでだ」

「そんなんじゃないっ、蒼真に未練があるとか……そういう問題じゃないんだ」

「それではいったい何が問題なのだ？　嗅覚の機能低下が気になるようなことを言っていたが、

お前には調香師として六十年以上も活躍《かつやく》してきた実績《じっせき》があるはずだ。悪魔の嗅覚を失っても、経験と記憶と、人間としての嗅覚を頼りに仕事はできる」

「そうだとしても……嫌なものは嫌なんだ！　殺すとか、そういうことを言うのはやめてくれ。お前のことを憎みたくない……昔のこと、絶対に許さないって思ってたけど……時間が経てば少しは……薄まるものもあって、これからお前にクリスマスプレゼントを送るとか、そういう関係にはなれると思う。だから早く帰って……一生、会わずに終わらせてくれっ」

先程までの柔らかな表情は消え去り、買い物に連れだす前の苦悩に満ちた顔が戻ってくる。

今日は笑っていて欲しかった。自分の隣で楽しそうにしていて欲しかったのに、結局こんな顔をさせてしまったのかと思うと気が滅入る。紲の言っていることがまるでわからなかった。

愛しているのに何故手に入らないのか、わけがわからなくて腹が立って、怒りと不安で頭が割れそうになる。寒さを感じないはずの体が凍《こご》えて震え、こめかみや前頭部が、ドクドクと脈打ちながら激痛を訴えた。

「よく考えて……明日までに結論を出せ。貴族同士の殺し合いは禁じられているが、それでも私は蒼真を殺す。豹の毛皮を贈られたくなければ、私の言う通りにしろっ」

「ルイッ」

「お前は私のヴァンピールとしてイタリアに渡り、好きな仕事をすればいい。そこから毎年、蒼真にクリスマスプレゼントを送っても構わない――そんなことまで制限するつもりはない。

その生きかたがもっとも賢明だということに、いい加減気づいてくれ」

左手を摑みながら告げると、目を合わせたまま絶望的な顔をされた。

どうして紲は、ほんのりと頬を染めて幸せそうに受け入れてくれないのだろう？　どうして嬉しそうに抱きついてきてくれないのだろう？　自分はどこまでも誠実に愛している。誰より紲を想っている。紲も、いつだって甘い蜜林檎とホワイトフローラルの香りを漂わせながら、自分を誘惑してくる。紲の匂いだけは、強く感じられる――。

「明日まで……っ、考えさせてくれ」

紲の言葉にルイはしばらく黙ってから頷き、触れていた左手の袖《そで》を下ろさせた。

手首に触れると脈を感じて、喉が鳴りそうになる。けれど今は血を吸って濁したくなかった。

毒を注入しなければ痛みを与えてしまう。毒を使えば、紲は意識朦朧《もうろう》としながら自分の思うままになるだろう。とろんとした目で、「挿れて」「中に出して」と囁《ささや》かれても、一時の快楽《かいらく》にしかならない。心は凍《こお》ったままだ――。

「血は要らない……唾液をくれ」

紫の瞳で、紲の亜麻色《あまいろ》の瞳を射抜《いぬ》く。毒も威令も使わない。今は、本物だと信じられる愛が欲しかった。

「――……っ、ん」

逡巡《しゅんじゅん》の末に、紲は唇を押し当ててくる。

触れ合った瞬間、氷が溶けるように感じられた。蕾《つぼみ》だった花が一斉に開いて香るイメージが湧いて、嫉妬《しっと》も苛立《いらだ》ちも消えていく。もしかしたら紲の鼻は、高まる薔薇の香気を感じているかもしれない。左手首に吹きつけた薔薇のエクストレに似ているらしい自分の匂い……それが高まって、紲に伝わっていればいい。愛の告白など聞き飽きている紲の心を、香りで揺さぶることができたらいい――。

「は……っ……んぅ……っ」

唇を潰し合い、舌を絡める。蜜林檎の香気が高まっていた。

自分の匂いはわからなくても、紲の匂いは感じられる。同時に体が近づき始め、指先が肌を求めて動きだした。紲が着ていたニットのカーディガンを肩から落とし、シャツのボタンを外していく。首筋に手を触れると、咬みついて血を吸いたくて堪らなくなってくる。

「――ッ……ン」

紲の唾液を飲み干したルイは、鎖骨《さこつ》を経由して胸まで指を滑らせた。

目を閉じても思いだせる淡《あわ》い突起に触れ、最初は柔らかな感触のそれを硬くしていく。

摘《つ》まんでは弾《はじ》き、滑らかに整えた爪《つめ》を突き立てて、少しばかりの痛みを与えた。

「……う、ん……あ……っ」

胸の突起を弄《もてあそ》びながら顔を斜めにすると、紲の舌がひくんと反応する。

温かい舌は心地好く、濡れた唇はつるりと潤っていた。

逃がさないよう斜めに深く繋がりながら、奥を探って舌を突き入れる。

「――っ、ぅ、む……っ、ぅ！」

幾分《いくぶん》苦しい声を漏《も》らした紲は、反射的に腕を掴んできた。そうしてしまったと気づくなり、迷うように指先が浮く。中途半端に腕から離れ、けれどすぐにまた戻ってきた。震える指先は細く、じわじわと肉に食い込んでくる。

「……っ、ぅ、ぁ……っ」

口内の温度が同じになってから、ルイは紲の腰を抱いた。細腰を掬《すく》うようにして持ち上げ、自分の腿《もも》の上に乗せる。紲は少し驚いた様子で舌をびくっと固めるものの、大きな抵抗はしなかった。跨《また》ぐ恰好になったまま、唇を繋ぎ続ける。

「は……っ、ん……ぅ……」

頭の位置が上になった紲の口から、とろとろと唾液が流れ込んできた。

人間の唾液がルイの体に作用して、頭の痛みが引いていく。代わりに燃え上がる熱に、脚の間が張り詰めていった。脚衣の前を寛《くつろ》げないと苦しいほどになったそれを、ルイは紲の股座《またぐら》に宛《あて》がう。紲のそこはすでに硬くなっており、擦り合わせるだけでも快感を得られた。

人間の状態でも、淫魔には淫魔の特性がある。紲が感じているからといって自分への愛とは断定できない。それでもルイは信じたかった。明日の夜、満月の下で愛していると言われたい。自分だけのヴァンピールとして、番として、今度こそ誓いの指輪を受け取って欲しい。

「……は、ぁ……ぅ、ぁ……っ」

ベルトを外しても紲は抗《あらが》わず、姿勢を保つために首や肩に手を回してきた。

ルイは紲のズボンと下着をずるりと下ろし、自分の猛《たけ》りも解放する。腰を下から上に揺らすようにして、生々《なまなま》しい二つの肉茎を擦り合わせた。

紲の裏筋《うらすじ》を自らの先端でねっとりと撫で上げ、それからすぐに撫で下ろす。鈴口から溢れる蜜が玉を結び、自分のほうへと流れ落ちてきた。明らかに温度が違うので、紲の蜜だとすぐにわかる。

「──こんなに濡らして……硬くしているくせに、私を拒絶するなどありえない」

濡れた唇を離して強く言い切ると、紲の頬を涙が滑る。

亜麻色の双眸《そうぼう》が潤いに揺れて、はらりと舞うようにもう一粒《ひとつぶ》落ちた。

紲はそれを隠すように横を向いたが、ルイは首を伸ばして追い求める。

「う、ぁ……っ、俺は、俺は……っ、淫魔だから……っ」

「それはもう……聞き飽《あ》きた……っ、いい加減、淫魔であることを言い訳にするのはやめろ！お前は私を愛している。私がこんなに愛しているのに、惹かれ合わないわけがないっ！」

「くあ、っ、ぁ……っ！」

涙を舐め取りながら、ルイは紲の蜜に濡れた己《おのれ》の雄を後孔に向かわせた。

旬《しゅん》の果実のように張り詰めた若々しい双肉を鷲掴《わしづか》みにし、弾力《だんりょく》のある肉を揉《も》み込む。

両手で肉を外側に割り開き、狭間に指を忍ばせた。淫魔に変容しなくともそれなりに濡れる淫《みだ》らな孔が、左右二本ずつの指をくわえ込んできゅうきゅうと絡みついてくる。

「はっ、ぁ……ぁ、ぅ……っ」

「こんな体でも、お前は淫乱《いんらん》なわけではない……私だけを愛しているのだ……っ、他の誰にも、このような反応はしない。決してしない」

「ル、イ……ッ、ぁ……っ」

「この匂いも表情も、すべて私だけの物だ……愛していると、言ってくれ――」

「や、ぁ……ま、待って……っ、ぁ、あぁっ……！」

掌《てのひら》に心地好い肉をさらに割って、蜜を零す孔に怒張を突き刺す。

ヌジュゥ……と籠もった音が立ち、硬化して猛々しく反《そ》り返《かえ》った分身が熱に包まれる。

背中に震えが走るような熱さだった。

媚肉は細《ささ》やかな抵抗を見せながらも硬い先端をすべて呑み、括《くび》れをぎちぎちと締めてくる。

「ひゃ、ぁ……っ、ぁ……ゃ、ル、イ……ッ、ふあぁ……っ」

「――……紲、紲……私を……愛していると……許すと言ってくれ……っ、六十五年の間……お前に酷《ひど》いことをしたのを、ずっと……後悔していた……っ」

「――……ッ、ルイ……も、ぃ……から……も、忘れ……て」

「紲……いつまでも、こうして、私を温めてくれ……」

突き上げる度にしがみついてくる紲が、何を忘れてと言っているのかわからなかった。

過去のことは忘れていいという意味であるなら、許されて受け入れられることになるのかもしれない。けれどももしも、「自分のことは、もう忘れて」という意味ならば未来はない。

「ふっ、ぁ……ル、イ……そ、こ……っ、もっと……ぁ、もっと……突いて……っ」

「紲……っ」

ルイは毒を使っておらず、吸血鬼のまま人間の紲を抱いている。紲にとってはほとんど利のない情交だ。それなのに求められ、耳朶《じだ》を唇で挟み込まれた。紲の腰が浮き上がって、上下に大胆《だいたん》に動きだす。抜ける寸前まで上がってから一際《ひときわ》きつく窄《すぼ》まり、その状態のままずぶずぶと下りてきた。手で扱き上げられるように強い締めつけと、蕩《とろ》ける熱さに極まりそうになる。

「――ッ……ハ……ッ、紲……っ！」

「ルイ……ぁ……腰、ちゃんと……して、っ、もっと……奥……っ、ズンッて、来て……っ」

耳朶を吸うようにしゃぶられながら、熱っぽい声でねだられた。心を決めてくれたと思っていいのか、快楽を求めて我を忘れているのか――ルイには判断することができない。あまりに密着し過ぎて思うように動けなくなっており、紲の表情が見えなかった。

「……紲っ！」

ずぐんっと突きながら紲を抱き上げたルイは、車内の中央に伸びるテーブルの上に細い体を押し倒す。六日前に威令を使ってそうした時とは違い、紲は素面《しらふ》のまま腰を振って求めてきた。

顔を見合わせると自分から後頭部を浮かせ、口を寄せてキスを欲しがる。

「……っ……人間に、なるか……?」

「い、いい……そのまま、で……っ」

唇を当てる前に問いかけると、紲は即答してきた。

自分は吸血鬼のまま、紲は人間のまま……栄養的に無意味でありながら抱かれたがるのなら、それは種族と無関係な愛交に他ならない。「愛している」と言われたも同然に思えた――。

「――……っ、ん……ぅ、ふ……っ!」

「……ッ、ゥ……ッ」

余裕がなくなって、ぶつかるようなキスになる。迂闊《うかつ》にも牙が少し伸びてしまい、紲の舌を傷つけた。ほんのりと甘い血が唾液と混じり、腰も脳も痺《しび》れだす。

強く抱きつかれ、官能的な酔いに包まれた。悦びが駆け抜け、一時も我慢できなくなる。

小さくとも貪欲な肉孔の、奥の奥まで劣情《れつじょう》を注いだ。

「――ッ、ル……、ィ……ぁ、っ……あ、ぁ……ぃ……っ……ぅ」

ルイ、愛してる――そう聞こえた。気のせいではない、幻聴《げんちょう》でも願望でもない。

吐精した瞬間、触れ合う唇の隙間《すきま》から確かに、愛の言葉が漏れていた。

5

翌日の午後——ルイが眠っている間に二人分の荷造りを済ませた紲は、スーツケース二つと旅券を手に調香室を見渡した。オルガン様のデスクのパレットには、新作の香水に使う予定の香料がずらりと並んでいる。仕事に必要な物は他にも山ほどあり、引っ越しは容易ではない。

それでも今は、荷物のほとんどを置いて遠くに逃げるしかなかった。

ルイに冷たい態度を取っても口できっぱりと断っても諦めてはもらえず、近くに居れば結局抱かれてしまう。執拗《しつよう》なルイも、彼に流される自分も止められないなら、距離に頼って体ごと切り離すしか手はない。スーラ一族の存亡《そんぼう》にかかわることまでしている以上——このままでは本気で蒼真を殺されてしまうと思った。

「いくらルイが太陽苦手だからって、いきなりアフリカとか無理過ぎだろ、イジメかよ。俺も暑いの得意じゃないし、あっちにはあっちの豹族が居るから嫌なんですけど」

クリスマスはまだ先だったが、蒼真は豹柄のバスローブを着て窓辺に座っていた。

異国に行くのに箱が邪魔だったので早々にプレゼントを渡した紲だったが、それには蒼真を思い通り国外に連れだしたいという意図があった。彼はバスローブが甚《いた》く気に入った様子で、人間の姿を保ったまま鹿島の森を眺めている。

「しばらくの辛抱《しんぼう》だ。貴族は本来、管理区域から長く離れたらいけないわけだし、俺の寿命が尽きるまであと二十年ちょっと逃げ切らないと。ルイがイタリアに帰国したら一旦《いったん》戻ってきて、アフリカへの移転が決まったらちゃんと引っ越そう」

「あのさ、俺は一応ここの担当で、結構気に入ってるわけ。日本は人気あるから一度離れるとなかなか戻れないし、俺が正式に移転すると一族大移動になっちゃうんだけど」

「そうか……勝手を言って悪かったな」

紲はスーツケースの上に取りつけたボストンバックに財布を突っ込んだ後、蒼真の目の前で指輪に手をかける。ぐいぐいと途中まで抜きながら、「それなら独りで行く」と告げた。

「はぁ？　わけわかんないんですけど。そんなふうに逃げてばっかじゃ昔と変わらないだろ？」

紲は自分の気持ち……つまり恋心？　それが本物だってことも、アイツの愛情が一時的な盛り上がりじゃなかったってことも、六十五年かけて確認できたんじゃないのか？」

「――昔と変わってないのは自覚してるけど……他に方法が見つからないんだ」

「好きなのは認めるんだな？　それなのに別れるとかおかしいだろ」

紲は関節の上までずらした指輪を摘まんだまま、アームチェアを軋ませる蒼真を見つめる。

確かに自分はルイを愛している。淫魔だから彼を求めているわけではない……そんなことはわかっている。そしてルイも、何も変わらないかのように時を越えてくれた。

「そうだとしても、一緒には居られない……自分を律していられるうちに離れたいんだ」

「だからなんでまた離れるんだよ。俺はルイが紲に何をして振られたのかだいたいわかってたけど、それでもルイから紲をしばらく預かってるだけだって肝《きも》に銘《めい》じてた。紲と居ると楽だし離れがたくて『しばらく』どころじゃなくなったけどな。それでもやっぱり返すのが筋だと思ってる」

豹柄のバスローブ姿で立ち上がった蒼真は、近くにきて自分のスーツケースを突く。

ルイと同じくらいの長身で力のある彼が触れると、それはいとも簡単に倒れた。

紲は残った自分のスーツケースを守るように引き寄せ、蒼真を睨み上げる。

「紲、俺は行かないよ。『自分を律していられるうちに』ってことは、本心ではルイと一緒に生きることを望んでるってことだろ？　何を難しく考えて躊躇《ためら》ってるのか知らないけど、俺は紲に死んで欲しくない。それにもういい加減、逃げずにルイと向き合うべきだ」

蒼真の言っていることは正論かもしれない。逃げてはいけないことくらい自分でもわかる。だからといって面と向かって断っても聞いてくれない相手に、これ以上どう言えばいいのかわからなかった。ルイは自分にとって危険な存在で——咬まれて毒を注がれなくても、まるで毒に侵されたようにふらふらと意識が彼に向いてしまう。威令を使われなくても、手足に糸を付けられたマリオネットのように引き摺《ず》られて、気づけば情事に耽《ふけ》っている。

「……酷いことをしてるってわかってる。けど、向き合ったら流されそうで……っ、それに、俺がルイと一緒に居てもマイナスにしかならないんだ。やっぱり離れないと駄目だ」

「何がマイナスなんだよ？　お互い好き合ってるならそれでいいだろ？」

紲は歯を食い縛って、まだバッグに入れていなかった二人分の旅券を摑む。

次に何をしていいのか体や手が迷い、気持ちばかりが焦っていた。

「ルイがっ、俺のせいで子供を作ってないって、昨日……知って、血の気が引いたんだ」

「ああ……それはまあ……でも結局のところ自分の一族をどうするかは主が決めることだし、ルイがよく考えて選んだことならそれでいい話だろ」

「っ、知ってたのか？　それならなんでルイと俺を引き合わせたりしたんだ！」

思わず声を荒らげると、蒼真は悪怯《わるび》れない様子で小首を傾げる。

そもそも寝た子を起こしたのは蒼真だ。あんな招待状を送らなければこんなことには……と恨《うら》みたくなった紲は、その考えをすぐに改める。どのみちルイは自分を諦めてはおらず、長年子供を作っていなかった。招待状などなくても別の形でここにやって来たかもしれない。

「今スーラ一族は虜だらけになってて、他の吸血種族から冷ややかな目で見られてるらしい。あんなにプライド高かったルイがそういうこと全部わかっててその選択をしたんだぜ。それって凄いことだろ？　俺は決して悪くないと思ってる」

「俺は……それを聞いた時、責任を取れない身なのにどうしようって……やっぱり重いって、そう感じて怖くなったけど……そのくせ、物凄く……嬉しいと思ってしまったんだ」

「そんなの当たり前だろ？　恋人が自分だけを想って操を立ててくれたら、嬉しくて当然だ。色恋沙汰《いろこいざた》に興味のない俺だって、人間の心の機微《きび》はだいたいわかるぜ」

「……けどそういうのは女の権利じゃないのか？　女は自分が産めるから嫉妬するし、しても許されると思う。俺は代わりに子供を作ってやることもできない無意味な存在なのに、ルイやルイの一族に悪影響ばかり及ぼしてる。あと二十数年……それが貴族にとって短い時間なら、早く過ぎればいいんだ……っ、俺が居なくなれば……ルイは正しく生きていける」

涙声になりそうな紲に向けて、蒼真は盛大な溜め息をつく。

呆れられるのは承知のうえだったが、紲にとっては大きな問題だった。

ルイだけではなく自分も、ルイと再会してから一度も仕事をしていない。昨日買い物に出て新しい器具を買ったり、今取りかかっている香水のイメージを膨らませるための画集やＣＤを買ったりしたのに、袋に入れたまま開いてもいなかった。

ルイの傍に居ると他のことがどうでもよくなってくる。抱かれたくて……あの香りに包まれながら眠りたくて、他には何も要らないと叫びたくなってくる。

価値観や優先順位が大きく変わってしまうのは怖い。お互いに自分を保てないのはよいことではない。そんな不毛《ふもう》な関係は結局不幸なもので、永遠にするわけにはいかなかった。

「スーラ一族の使役悪魔みたいなこと、言わないでくれ」

「……っ⁉」

「ルイの気持ちを無視して、貴族の役目だけ果たせって言ってるのと同じだ。ルイは機械じゃない。アイツは紲を好きになって、自分なりの正しい生きかたを見つけたんだ。紲にとっては重いかもしれないけど、狂気でも異常でもない。ルイは今一番、自分らしいんだ」

無心に首を横に振り、紲はその場に座り込む。

ルイに子供を作らせたいわけではない。彼がそれを望んでいないなら、あんなことはやめて欲しいと思う。けれど、家族だけではなく多くの人々を不幸に貶《おとし》め、堕落《だらく》と崩壊《ほうかい》を招いてきた紲にとって、堕ちていくばかりで生産性のない関係は恐ろしいものだった。

「俺はっ、お前と一緒に生きていきたい……っ、お前のことは不幸にしないで済むからっ」

「紲……」

蒼真と一緒に居る間、自分はひたすら仕事に打ち込むことができた。穏《おだ》やかに、人間として普通に生きてきた。日々充実していて、それなりに幸せだった。蒼真に特別な幸福を与えられたとは思わない。けれど二人で平穏に、時には笑って暮らしてきたのは間違いない。

「ルイを不幸にしたいわけじゃないだろ？　好きな奴を幸せにしてやらなくてどうするんだよ。ルイは確かに思い込み激しいとこもあるけど、紲を幸せにしようと一生懸命《いっしょうけんめい》なんだぜ。何度も逃げずにちゃんと向かい合ってやれよ。お互い冷静になってよく話して、もう少し時間を置くとか条件付きでヴァンピールになるとか、二人で答えを見つけだすべきだ」

「蒼真……っ」

再び窓のほうへと向かった蒼真は、鍵を外してカラカラと窓を開ける。そしてバスローブの腰紐《こしひも》を解《ほど》いた。

「明日の朝まで俺は結界の外に居る。何かあったら呼んでくれ」

豹柄のバスローブを脱いだ蒼真の背中に、より明瞭《めいりょう》な豹柄が浮かび上がる。

黄金の被毛と鮮やかな斑紋の豹に変わった彼は、森の奥へと走り去っていった。

香料の香りに満ちた調香室と私室の間を彷徨いながら、紲は髪を掴んで涙を堪える。

窓を閉めても下がった気温はなかなか戻らず、午後だというのに肌がひりついていた。

——俺はルイを愛してる……それでも、この愛は享楽的《きょうらくてき》なものだ……堕落でもある……。

男同士で愛し合い、得られるのは快楽と幸福感。それが永遠だという保証はない——。

六十五年続いたからといって、千年続くとは限らない。

離れていたからこその執着《しゅうちゃく》だったのかもしれないし、淫魔特有の感度の高い肉体を失ったら、飽きられるのも早いだろう。

これが人間の女だったなら、子供を残せたりもしたはずだ。性愛が冷めても、愛の拠《よ》り所《どころ》や切っても切れない絆を持てたかもしれない。けれど自分には身一つしかない。この瞬間の愛を信じて千年の時に飛び込んで、いつか自分を愛していないルイの顔を見るくらいなら——このまま死なせて欲しかった。

——結局は、自分のためか？　ルイの幸せだのスーラ一族の衰退だの……そんなことを気にしているような御為倒《おためごか》しを並べて、俺は結局……ルイの愛情を失うことに怯えているだけ……先に死ぬのは楽でいい。残されたほうがずっと苦しい。それをわかっているのに、俺はルイに愛されたまま死に逃げしたがっている。六十五年前よりもっと酷い……あの頃は嫌われてから死のうと思えたのに、今は……より身勝手に……。

紲はオルガンデスクの前に座り、二人分の旅券を重ねて手にしたまま目を閉じる。祈《いの》るような姿勢で、どうするべきか考えた。生産性もなく不確定な愛に身を投じて、他者の都合など気にせずに二人の世界を築いていくべきなのか、それとも拒絶し続けるか――。

――俺はどうしたい？　本当の望みはなんだ？　一番の望みは……ルイを自分の手で幸せにしたい……一緒に幸せになりたい。周りの人間を不幸に陥れてばかりだったけど、ルイだけは絶対に幸せにしたい。そうだ、それが何よりの望みだ。俺が臆病《おくびょう》なまま逃げてたら……ルイはきっと、幸せになんてなれない……。

今、愛し合っているのは同じこと――千年の時の間に、相手が心変わりするかもしれないと怯えるのも同じこと。ルイはそれを承知のうえで、意思のある自分との永遠を欲している。

それなら自分も、恐れずに飛び込んでいくべきだ。

愛を織り成す時間そのものが生産であり、捨てられるかもしれない不安も含めて、恋なのかもしれない――。

「……っ、紲……これはどういうことだ⁉」

一心に考え込んでいた紬は、幻聴かと疑うほど突然の声に震える。

まさかと思って顧みると、二階の客間で眠っているはずのルイが立っていた。

足首まである絹《きぬ》のガウン姿の彼は、無造作《むぞうさ》に置かれたスーツケースを見ている。

誕生日の日に空港に持っていったシンプルな物と、豹柄の派手なスーツケース――。

「うっ、ぁ！」

次の瞬間、握っていた旅券を奪われた。

直接ではなくルイの指先から飛んできた赤い霧によって、瞬く間に毟《むし》り取られてしまう。

驚愕のあまり声が出なかった。悪い予感に襲われ、口内の水分が一気に失われていく。この状況をどう説明するべきか考えているうちに、旅券を確認したルイが唇を戦慄《わなな》かせた。

「私を油断させて、騙して……っ、蒼真と逃げる気だったのか⁉」

悲痛な叫《さけ》びに震撼《しんかん》した。違うと言いたくても口が迷う。実際、先程まではその通りだった。それでも今は真剣に話し合おうと思っている。すぐにヴァンピールになるのはあまりに急で難しかったが、前向きに考えて、愛情を認めていける自分になりたかった。

「ルイ、違うんだ。これは……」

「お前は酷過ぎる！　私を弄ぶ奔放《ほんぽう》な淫魔なのか⁉　貴族に取り入って暮らせればそれでいいだけの、どこにでも居る淫魔だったのか？　私は盲目《もうもく》になって幻想を抱いていただけなのか⁉

もう、わからない……もう耐えられない‼」

無数の香料が混じり合う空間に、地上のものではない薔薇の香気が駆け抜ける。

そして、首筋に鋭《するど》い痛みと重みを感じた。一瞬のことで、呻き声さえ出てこない。

二つの体の間には距離があったはずなのに、瞬きをする暇もなく間合いを詰められていた。

重量感のある刃物で首を骨ごと斬《き》られる感覚に襲われた紲は、目の前にあるルイの髪や耳を凝視する。これまでのどんな時よりも容赦《ようしゃ》なく、頸動脈を切断された。牙は肉の奥深くに食い込んでも冷たく、肌に密着する唇にも温もりがない。

「――……っ、ぁ……う、ぁ……!」

毒は回ってこなかった。想像を絶する激痛と、血液を大量に吸われることで意識が遠退《とおの》いていく。ルイの血肉になって死ぬのは、それほど怖くはなかった。

ただ、一言告げる時間が欲しいと思った。まだ一度も、「愛している」と言っていない。

それを言い残すのがかえって残酷だとしても、どうか一言だけ、告げさせて欲しかった。


気づいた時には、夜の匂いがしていた。持ち上げるのも一苦労な瞼を上げると、満月の光が見える。むせ返る血の匂いが他を圧倒していたが、それでもルイの香気と、客間に置いてある観葉植物の葉の匂い、ルイが眠る前に焚《た》いた甘い乳香の香りを感じ取れる。

調香室から二階の客間に移され、ベッドに寝かされているのは間違いなかった。

威令でも受けたのか、それとも本能的に治癒能力《ちゆのうりょく》の高い体を求めたのか、紲は淫魔に変容していた。全裸のまま血の染みたシーツに仰向《あおむ》けに寝ており、腰に尾の感触がある。シーツの濡れかたは壮絶《そうぜつ》で、腿の辺りまで冷たくなっていた。見るまでもなく真っ赤なのがわかる。

「──もう少しで、淫魔のお前は血を失って死ぬ……」

ルイの声が上から降り注ぎ、紲は頭を動かせないまま視線だけずらした。

最初のうちは輪郭が幾重《いくえ》にも重なって見えたが、少しずつ明瞭になっていく。

血を吸って生き生きと艶めいているのに、酷く悲しそうなルイの顔があった。

「その前に私の血を流し込んでおけば、虜として目を覚ます。無論、醜《みにく》く老いるようなただの虜にする気はない。お前には私と同じだけの寿命を与える。魔力を籠めた血をたっぷりと注ぎ、永遠に美しい人形にしてやろう」

ルイの左手が頬に当たる。冷たいような気はしたが、自分の顔も冷たかったので、それほど差はなかった。彼の小指が触れた後、何か金属的な──より温度の低い物の感触を覚える。

──……指輪を……してる……番の指輪……。

自分の左手に意識を持っていくと、蒼真の指輪が外されているのがわかった。

ルイはおそらく新たな誓いの石を嵌め込んだ指輪を用意し、今は自分の小指に嵌めている。

「お前は千年の時を私と共に生き、私だけを見つめ続ける。誰かを誘惑することもなく、他の男の精液を啜ることもない……私の傍で、私だけを見つめていればいい……」

ルイが望むなら、虜になっても構わない。今はそう思えた。

それでルイが幸せなら、不幸ばかり撒き散らしてきた自分にしては上等な終わりかただ。

これから千年、意識はなくても肉体だけは彼の傍で生き続ける。人形のような自分にルイが飽きてしまい、ただの餌として地下牢に閉じ込められたとしても、何も感じないでいられる。

彼が女を抱こうと、新しい恋人に夢中になろうと、苦しまずにいられる……それはきっと、悪い話ではない。臆病だった自分がいけないのだから、温情ある罰として受け入れよう。愛を告げる気力もない今、せめて体だけでも捧げて……少しでもルイの心に残れたら――。

「……紲、このまま……私の血液を注入したら、本当に……っ」

ルイの声が震えていた。

つい今し方までは悲しげでも真っ直ぐに響いていたのに、今は酷く震えていた。

――……ルイ？

ぼやけて見える視界の中で、柳眉《りゅうび》が歪んで眉間に寄るのが見て取れる。

虜にしてくれ――今、喉に力を入れて口を開けば、そう言えるのかもしれない。けれど彼の声や表情のせいで迷ってしまった。意思のない虜になるのは構わない。でも自分の口からそうしてくれとルイに告げたら、愛していないと言っているのと同義に取られてしまうだろう。

それを避けたいと思う。きちんと告げたいと思う。しかしそれは身勝手なのだろうか？

肉体は残っても魂は去るのだから、愛を否定し続けたほうが優しいのだろうか？

「死ぬ前に……私の手首を咬み、血を吸い上げろ。ヴァンピールとして、私と共に生きたいと願いながら私の血を吸え……っ、私が一方的に血を注ぐと……お前は虜になってしまう」

また、声が震えていた。焦燥が感じられる。

首筋に開けられた穴はいくつもあり、塞がりかけたものもあればドクドクと血を流し続けているものもあった。ルイはこれまでずっとベッドに腰かけながら血が流れるのを黙って見たり吸ったりしていたが、今は手で傷を押さえてくる。

「早く……っ、私の手首を咬め！」

強制しても意味がないのか、威令ではなかった。むしろ懇願するような顔をしている。

「……う、っ、う……」

紲の唇に、ルイの左手首が寄せられた。ルイの脈を感じる。けれど言葉すらろくに出せない状態で、皮膚を破るほど咬めるわけがない。もしそんな力があったとしても、紲はまだ、今はまだ、ヴァンピールにはなりたくなかった。どうしても今なら、虜のほうがいい――。

「紲っ！」

ルイは自分の手首を指先で擦り、わずかに血を滴らせる。血の匂いや旨味で誘う気なのか、唇の上にポタポタと垂らしてきた。吸血鬼の状態のルイの血では、有効な栄養素はほとんどない。それでも舌は血の味に反応する。剥製《はくせい》まがいの体が動きだし、唇を何度か開閉できた。

「ルイ……悪かった、俺……逃げてばかり……で……」

紲が蚊《か》の鳴くような声で呟くと、ルイはさらに血を注いでくる。

首筋の傷を圧迫するように押さえながら、悲痛な表情で瞼を落とした。

眉間をきつく寄せたまま顔を横に振り、「虜にはしたくないっ」と、声を振り絞る。

押さえられても血は流れ続け、うなじに生温かい感触が伝わってきた。そこからシーツへと染み込んでいく血は、ルイにも紲にも止めることができない。痛みはないので、毒を注入された気配はある。けれど毒が持つ傷を塞ぐ効果は悪魔に対しては万全ではなく、ここまで多くの傷をつけられたら追いつかない。出血というよりも、命や魂が流れている実感があった。

「紲、私の手首を咬め！　ヴァンピールになりたいと願えっ、私を……愛していなくてもいい、弄んだだけでも……それでもいい……っ、蒼真と暮らしたければ暮らせばいい！　この世界に生きていてくれ！　お前のままでいてくれ！」

首を押さえながら抱き上げられ、歯列に手首を押し当てられる。

ひんやりとするルイの顔から、冷たい滴《しずく》が降り注いだ気がした。

血は滔々《とうとう》と流れ、体温は下がっていく。けれど紲の胸には熱いものが込み上げていた。

「ルイ……本当に、悪かった……お前が、昔と変わらずに好きだって言ってくれて……とても嬉しかったんだと思う。でも、それが永遠に続くとは限らないから……好かれたまま終わりにしたくて……っ、もし……俺がお前を好きだって認めて……それで飽きられたら、どうしたらいいのか、わからなくて……怖くて……」

紲はルイの背中に手を回し、絹のガウンをぎゅっと握る。今の自分には渾身《こんしん》の力だった。

「俺は臆病で……卑怯《ひきょう》だった、本当に……ごめん……」

「紲……千年愛し続けると誓ったところで、それが本当に変わらないという保証は確かにない。ただ、信じてくれとしか……誓うとしか言えない。私を信じてくれ——お前を愛している」

何度も何度も頷いて、紲は押し当てられる手首に唇や歯列をぶつける。それでも咬む気にはなれず、ルイのガウンをより強く握った。気を失うのを堪え、月光に輝く紫の瞳を見つめる。

「……信じるから、俺に少しだけ……時間を、今はまだ、悪魔の嗅覚を……失えない……」

「何故だ⁉　お前ならそんなものに頼らなくても香水を作れるはずだ！　早く咬んで私の血を吸ってくれ！」

嗅覚を頼りに生きてきた人間が、部分的にしても機能を失うこと、感度を低下させること、それがどんなにつらく不安なことか、ルイに説明しても決してわからないと思った。いくつもあるうちの一部を失うだけならまだいい。しかし紲が失うのは、至上の香りだ——。

「お前と一緒に、生きていくのに……この香りを嗅げないなんて、そんなのは……拷問だ」

「紲……っ」

「お前が俺を好きかどうか、いつも……っ、この香りが、教えてくれたから、最初に嗅いだ時より、ずっと……ずっと好きになった。もう嗅げなくなるなら、どうしても……自分で、この香りを作りたいっ、だから……待っていてくれ……」

縋りついても引き離され、ルイに頬を撫でられる。

唇が性急に触れ合って、沈黙のキスが繰り返された。

「紲……あの香水では……駄目なのか？　あれは私の匂いに似ている、そうだろう？」

「っ、違う！　全然違うっ、似ていると本気で思えたら、流通なんか絶対させない。俺だけのものにする……あれは、まだ遠い……」

地上に存在しない薔薇を彷彿《ほうふつ》とさせるルイの香り――自分への愛そのものだった香りを再現したいという夢は、紲の中に六十五年前から存在し続けていた。

少しだけ近づけたような気でいた香水が、こうしてルイに再会することで如何《いか》に物足りないものだったかよくわかった。彼の香りを作るのは、香料技術が進化した現代でも難しいだろう。それはよくわかっている。何度も諦めたくらいだ。それでも香りの記憶を鮮明《せんめい》に塗《ぬ》り替えた今だからこそ、できることもあると思った。悪魔の嗅覚を失う前に、自分自身がルイの香りだと思える香水を――愛を感じられる香りを作り上げたい。

「紲……駄目だ、血が止まらない……頼む、咬みついてくれっ」

「嫌だ、香水を……最高のエクストレを作るんだ！　お前に着けてもらうんだ！　俺を愛している限り、毎日必ず着けて、人間の嗅覚しか持たなくなった俺にも嗅ぎ取れる匂いで……俺を愛してること、示してくれないと……嫌だ……っ」

紲は自らルイの唇を塞ぎ、自分の血の味のする舌を吸った。

我儘を言っている自覚はある。ごめんなさいと、頭の中では何度も謝った。

それでも引く気はない。命に代えても譲れないものだった。ヴァンピールになってもルイの香りが欲しい。それだけは絶対に失いたくない——。

「……紲っ、傷を……押さえていろ！　いいな、強く圧迫していろ！」

ルイは勢いよく起き上がると、紲の手を首の傷口に導く。しっかりと押さえたことを確認し、ベッドから窓に向かって風のように駆けていった。満月を透かす窓を開け、手と手を合わせてから魔力を循環《じゅんかん》させる。そして右手を刃物のように振ると、空を切った。

一瞬、薄暗い部屋中が赤い膜《まく》で覆われる。元々は無色透明な状態で存在していた血の結界が、薄い色硝子のようにパァンッ！　と音を立てて割れた。結界がルイ自身の手で破《やぶ》られ、魔力が霧散《むさん》して空気に溶け込んでいく。

「蒼真っ！　蒼真‼」

ルイは窓の外に向かって叫び、左手首から血の蝙蝠を形成した。

一つ一つは小さくとも多勢の蝙蝠が飛ばされ、それぞれが別の方角に向かっていく。

声が届くのが先か、蝙蝠が見つけだして誘導するのが先か——どちらかわからなかったが、ルイが蒼真を呼んでいるのは間違いなかった。

「……ルイ？」

満月を背負うように顧みたルイの姿が、霞《かす》んで見えない。

逆光のせいだと思いたい心とは裏腹に、体が限界を訴えていた。

このまま淫魔として死んだら、人間としても死ぬことになるのだろう。

ヴァンピールとして目覚め、千年の命を生きることもない。本来の寿命よりもさらに早く、この世から消えていく。ルイの胸に痛みを残し、自分自身も後悔しながら――。

『紲っ！』

死を濃厚に意識した時、頭の中に蒼真の声が響いてきた。

すぐにトッ！　と音がして、客間のバルコニーに巨大な獣の影が見える。

ルイの影と重なって形が曖昧だったが、怒りで膨らんだ尾が直立しているのは確かだった。

『ルイッ、なんだ……これ、何やってんだ⁉』

「――……虜状態の、ヴァンピールにしようとして……」

ルイが掠れた声で答えた途端、豹の咆哮が空気を揺るがす。まるで雷鳴《らいめい》のようだ。

空気が振動するほどの音を受け、驚愕した紲の視界は一瞬晴れた。

『紲を傷つけたら咬み殺すと言ったはずだ‼』

豹がルイの右手に咬みついて、唸るのが聞こえる。

ルイは声を抑えていたが、痛々しく低い悲鳴を喉から漏らした。

筋肉が損傷《そんしょう》し、骨まで悲鳴を上げている。抵抗しないルイの体から夥しい量の血が流れだし、その呻き声はさらに痛切なものになった。

――……っ、蒼真……駄目だ……やめてくれ……っ……！

紲の視界は再びぶれて、月の明かりがどちらにあるかさえわからなくなった。

ベッドから下りようとしても叶《かな》わず、冷たく濡れたシーツの上に突っ伏せる形になってしまう。体を動かそうとしても動かせない代わりに、尾がひくつきながら脚の上を這い回った。

『俺は何をすればいい⁉　何かできるから呼んだんだろ⁉　早く説明しろ！』

「……血を、紲の体に強い魔力を含んだ血を輸血する。回復力が上がり、造血効果も得られるはずだ。私の血では毒と作用して虜化させてしまう危険がある……お前の血をくれ！」

ルイが豹の体を摑むような音がしたが、紲にはよく見えない。視覚の代わりに嗅覚や聴覚が冴え渡り、豹の体から漂う茉莉花に似た香りや、ルイの薔薇の香り、ベッドが微かに軋む音が普段以上に感じられる。

『豹の血を使って平気なのか？』

「念のため人型の状態で悪魔化しろ。豹族の血であることに変わりはないが、私以外の貴族がお前しか居ないから仕方ないっ」

『紲も紲だけど、お前も最悪だな！　紲が獣人になっても愛想尽《あいそつ》かしたりするなよ！』

ルイは「もちろんだ」と答え、次の瞬間ベッドマットに分散していた重みが偏《かたよ》る。

蒼真が四足の動物から人間の姿になったのが感じられた。

紲は左手首を摑まれ、蒼真の左手と合わせせられる。

針を使うわけではなく、ただルイの手で一つに束ねられただけだった。朦朧とする紲の目に、温かい血のイメージが浮かんでくる。裸の体の下にある冷え切った血液とは違って、息づいた熱い血――蒼真の魔力と生命力が、左腕からトクントクンと入り込む。

「――……っ、ぁ……は……っ、ぁ……っ」

「紲……大丈夫か？　ルイッ、出血は⁉」

「止まったようだ、傷が塞がっていく」

心配そうな二人の声を聞きながら、紲は完全に下ろしていた瞼を持ち上げる。首筋を確認しているルイの顔が見えた。豹に咬まれた時の血が頬に付着している。余裕なく動揺した表情ではあったが、ほっと息をついていた。

自分でも、傷が塞がった感触を得られる。

「――……っ、なんか……体が、熱くて……っ、ぁ、あ……アレ、欲しい……」

口が勝手に言葉を漏らした。尾が宙に向けて舞い上がる。

どうしようもない、抑《おさ》え切れない。

命の危険から逃れた途端、淫魔の体は自身の持つ能力を発揮《はっき》しだしていた。回復するために自動的に動きだす。血液ではなく、欲しいのは淫液だ。濃厚な淫液が欲しい……それが自分に一番必要な物で、それを得るための香りが一気に匂い立つ。ルイには効かない匂いだと頭ではわかっていても、体は無関係に誘惑を仕掛けていた。

「紲……っ」

「ルイ、して……お願い、俺に……アレを……っ」

紲は四つん這いになって腰をルイに向けると、彼が着ているガウンの中に尾を忍ばせた。目を向けるまでもなくわかる雄の根元に、尾を絡みつかせてやわやわと締め上げる。

ただそれだけでルイの香気が高まり、肉茎に血が集まった。ポンプで汲《く》み上げられたように集結した血潮が、張り巡らされた血管まで硬くしていく。

「……っ、挿れて……ルイ、俺の中に……っ、出して……！」

「紲、よかった……っ、もう大丈夫だ……すぐに私の精を注ぐ――」

「ルイッ……早く、奥まで、挿れ、て……ごりごりって、して……いっぱいっ」

紲は尾で握り締めたルイの雄を引き寄せ、そこに向けて腰を突きだす。

尻を前後に振るようにしながら後孔に昂りを当て、位置を合わせるなりグッと呑み込んだ。

「――ッ、ゥ……」

「はっ、ぁ……あんっ、ぁ……ぁ、気持ち、ぃ、ぃ……っ、おっき、ぃ……っ」

血の付着した両手でウエストを摑まれ、先端の膨らみを収めるなり一気に貫かれる。

ルイの雄に巻きついた自分の尾まで一緒に入り込み、普段以上の太さに快感が極まった。

腰を動かされる度に尾の盛り上がりが引っかかり、媚肉を抉《えぐ》るように刺激される。堪らなくよくて、口角から涎《よだれ》が零れてしまった。

「はあ、あああぁん……っ、ぁ……んっ、ぁ……っ」

「紲……っ、紲……！」

ズチュズチュと激しく貫《つらぬ》かれながら、紲は不意に別の雄の匂いを嗅ぎ取る。

茉莉花に似た香りを放つ蒼真の体に、ほとんど無意識に顔が吸い寄せられた。

ベッドの隅に座っている彼の股間に引き寄せられて、ルイと繋がったまま身を伸ばす。

「お、おいおい……ちょっと待て、それはダメだろっ」

淫液を求めるあまり、理性が頭から飛んでいた。

気づいた時には、目の前にある性器を引っ摑む。

金色の翳《かげ》りの下にあるそれは、勃《た》ってはいないものの完全に萎《な》えてもいない。

紲の頭の中にはぼんやりと、こんなことはいけない、駄目だ、という自分の意思が存在していたが、体は止められなかった。

「んぅ……ぐ……ぅふ……っ、ぅ――」

「っ、うわ……紲、ダメだって……おい」

紲は蒼真の屹立を初めて口に含み、舌を動かしながらチュウチュウと吸引する。双玉を揉みながら味わうとますます理性が飛んで、精液が出てくるのを待ち切れない思いだった。

「――構わん、求めるまま与えてやってくれ」

「ルイ……先に言っておくけど、普段はこんなことしてないからな」

「……わかっている！　さっさと人間に変容しろっ」

「んぐぅ……っ、ぅ、く……ぅっ！」

ルイが腰を突き動かしたため、蒼真の屹立が紲の喉奥まで挿し込まれる。

唾液を溢れさせながら唇を窄めて激しく吸うと、一回りも二回りも大きくなった。

人型の悪魔ではなく、完全な人間に変容した蒼真の先端から滴る蜜は、それまでよりも数段美味に感じられる。精液が飛びだす前から体が熱くなって、血の気が増した。

「はぅ、む……ぅ、ぐ……ふっ、ぅ……っ」

「紲……っ、は……そんな、思い切り吸わなくても出せるって」

「――っ、紲……私の精を吸収しろ、ここを……お前の体を満たしてやる……っ」

ルイは後方から切なげに声を漏らし、淫魔の尾を絡めた屹立で強《したた》かに突いてくる。

紲の媚肉はルイの漏らす蜜を味わい、彼が人間に変容したことを察した。その途端、勝手に尾の尖端が動きだす。きつく締まった肉の中でルイの鈴口を探りだし、精液を一刻も早く得るために精管に入り込んだ。

「――ッ、ゥ……ァ……紲！」

「んぅ、っ……ぅ、ぐ……ふ……ぅ、う――!!」

「ルイッ、あんまり……動くなっ、喉まで深く……入り過ぎ……っ」

ルイの手が脚の間に回ってきて、半分達していた雄を扱かれる。

紲は限界まで背中を反らし、自らも腰を揺すってルイを求めた。熱い媚肉の中でちろちろと動かしていた尾の尖端を、ルイの精管から一気に引き抜く。

「──ッ、ゥ……ハ……ッ！」

「も、俺も……イクッ、ゥ！」

「んうぅ、う──んぅ……っ」

絶頂と同時に、最奥と喉奥に濃厚な精液を注入される。

後ろから抱き締められて、首の血を愛しげに舐められた。

ハフッと開いた口には、手淫によって扱きだされる残滓《ざんし》をとろとろと注がれる。

「──……っ、ん……美味し……どっちも、美味し、ぃ……っ」

『紲……』

被さった二人の声は、どちらも安堵の色に染まっていた。しかしまだ終わったわけではない。

「──っ、もっと……もっと、して……っ、二人で……」

蜜濡れた肉孔でルイを締め上げ、尾の尖端で彼の精管を擽《くすぐ》る。

指先や舌を蒼真の雄に向かって伸ばし、紲は再び腰を揺すり始めた。

薔薇と茉莉花、白い花々と赤い蜜林檎が入り混じる楽園。そして血液と精液の狂宴《きょうえん》。それは正気を失うほど官能的で、膨らんだ欲望は萎《しお》れそうになかった。

エピローグ

「――紲、この指輪を受け取ってくれ」

満月の翌日、紲はルイと蒼真と共に成田に来ていた。

眷属六名を伴ってイタリアに帰国するルイを、ファストセキュリティレーンの前で見送る。

虜も蒼真も離れているので、ここには二人だけしかいなかった。

別れがたくて見つめ合い、爪先がぶつかりそうなくらい体を近づける。

「今はまだ、番の指輪だとは思わなくていい。ただ、愛の誓いとして受け取って欲しい」

曇《くも》り硝子の向こうに行ってしまう直前、番の指輪を差しだされた。昨夜《ゆうべ》からルイが暫定的に小指に嵌めていた指輪には、彼の血を魔力で固めたルビーが埋め込まれている。

「ありがとう……でも今、中指に嵌めてるのはどうしたら……お前が今朝返してくれたやつ」

「蒼真がお前を守ってくれなければ、私は安心して帰れない。だから今は、そのままでいい」

紲は左手をルイに向かって差しだし、空いている薬指に指輪を嵌めてもらう。

どちらも大雀蜂《オオスズメバチ》と十字架《じゅうじか》が彫られており、同じ大きさのルビーが揃って輝いていた。

「香水、本気で作るから……とりあえず、その……三ヶ月後に会えるの、楽しみにしてる」

「そうだな、まずはクリスマスプレゼントを届けよう。カードだけでもいい、送ってくれ」

「プレゼントも送る。なんか、単にイベント化してるとはいえ……変だな俺達、悪魔なのに」

「半分は人間だから構わんだろう」

紲は指輪から顔を上げ、サングラスの向こうの紺碧の瞳を見つめる。

貴族同士は長期間一緒に居てはならず、恋仲だと疑われるだけでも不都合で——蒼真の許《もと》に居る紲にルイが会いにこられるのは三ヶ月に一度くらい、それも一週間程度だった。もちろんお互い一緒に居たい気持ちはあったが、永遠の愛のために、今しばらく離れて暮らす。

「私の匂いに似せた香水を早く作って欲しいとは思うが、仕事の香水のほうも頑張ってくれ」

「仕事のほうも？」

「ああ、お前が作る香水は必ず手に入れている。愛の、結晶《けっしょう》のような……子供のような存在に感じられて、ひとつひとつ大切に想っている——」

「ルイ……」

香水が必須《ひっす》だった時代に生まれたフランス貴族出身のルイが、香水に興味を持っているのは以前から知っていた。けれど自分の作品をそんなふうに思ってくれているとは知らず、嬉しくなって顔が綻《ほころ》ぶ。首や耳まで熱くなり、鏡を見なくてもわかるくらい頬が染まってしまった。

「我儘ばかり言って、甘えて……ごめん……色々ありがとう」

「謝る必要などない。これからも我儘を言ってくれ……私が困るくらい甘えてくれ」

熱を帯びた頬にルイの指先が触れる。

最初は肌が驚くほど冷たかった手が、温かくなるまで見つめ合った。

「ルイ……気をつけて」

「紲、愛している――」

唇が迫ってきて、少し屈《かが》んだ彼にキスをされる。

瞼を閉じると、いつかは嗅げなくなる香りが胸に沁《し》みた。


蒼真と共に軽井沢に戻ってから、紲は一日振りに調香室に足を踏み入れた。

床には血痕《けっこん》が残っており、豹柄のスーツケースと、シンプルな自分のスーツケースが並んでひっくり返っている。旅券も落ちていたが、幸い血は付いていなかった。

紲は窓を開けて空気を入れ替えながら、床の血を拭いて散乱した書類や本を元通りにする。

それからスーツケースを開け、衣服の底に隠しておいたスケッチブックを取りだした。

年季の入った表紙を開くと、後半にルイをモデルにしたスケッチが何枚も続いている。

最初の一枚は目力が強く、名門一族の主という雰囲気の顔――それが二枚目、三枚目と続くうちに柔らかくなっていき、哀愁《あいしゅう》や孤独感《こどくかん》が滲みだし、最後には恋を知った幸福な顔になっていた。どれもルイであって、間違ってはいないと……紲は古い絵を見て改めて思う。

オルガンデスクではなく大きめの作業台にスケッチブックを置いた紲は、カッターでルイの絵をスケッチブックから切り外した。そして隣の創作室に移動する。

調香室とは違って無に近い状態にしてある創作室には、壁から壁へとワイヤーを渡してあり、そこにはフォトハンガーが下がっていた。紲はスケッチを一枚一枚ハンガーに挟んで、自分が捉《とら》えたルイの姿をすべて並べる。

ソファーに座って見上げていると、ルイの香気が蘇ってきた。

手元のノートにいくつかの原材料名を書き込んだが、具体的に香気をイメージすると物足りなくて消してしまう。

調香は香りを創造することから始まり、インスピレーションや偶発的な着想を求めながらも、科学的に緻密《ちみつ》な設計を積み重ねていく。

そういった脳内作業が先に来るため、香料に触れてビーカーの中で調合したりトゥッシュに染み込ませて嗅いだり、香りの変化や持続性を記録したりという実質的な作業は、だいぶ後からの話だった。実験を繰り返さなくても、ある程度までは頭の中で調香できる。

——地上に存在しない薔薇の香り……。

なんとなく近いというレベルではなく、ルイの香りだと自分自身が納得できるエクストレを作りたい。ルイの愛が永遠に続くことを信じて、共に香り続ける究極の香水を創造し、完璧な処方を書き上げたい。

しかしそれは並大抵《なみたいてい》のことではなかった。こうしてスケッチを見ていると、「わからない、足りない、表現できるわけがない」というネガティブな言葉が胸や頭を埋め尽くす。

それでも作りたいと思った。

これまでは挑む前から諦めていたことに、本気で取り組みたい。

——完成すれば、ルイは死ぬ瞬間までそれを着けてくれる。ルイ自身の匂いを嗅ぎ取れなくなった俺のために、同じ香りの香水を着けて、ずっと傍に居てくれる……。

ルイの腕の中で永遠に、愛の香りを嗅ぎ続けること——それが自分の幸せ。

そして彼に、満ち足りた表情と愛の言葉を返したい。

——ルイ……。

彼を幸せにできるのは自分だけ。

そう信じて、生きていく——。

あとがき

ラヴァーズ文庫様では初めまして、犬飼《いぬかい》ののと申します。

御縁があってこうして本を出していただけることになり、大変ありがたく思っております。

しかも念願の吸血鬼物を書くことができました。中高生の頃に書いていた吸血鬼物の設定を使いつつ、部分的に蜂の生態を少し絡めてみました（あとカッコウも）。

使役悪魔と貴族悪魔の違いは育ち（というか、餌）の違い――というようなことを本文中に書きましたが、人の母乳を飲んで育てば使役悪魔、貴族悪魔の血液を飲んで育てば貴族悪魔になりますので、貴族悪魔の血は蜂で言うところのロイヤルゼリーのようなイメージです。

蜂の世界ではロイヤルゼリーを継続的に与えられて育った幼虫だけが女王蜂になり、働き蜂とは体の大きさや寿命、生殖能力に大きな差がつくという話を聞き、さらに世代交代の際には旧女王が巣から放りだされ、生活力がないために餓死すると知った時は、子供ながらに物凄く興奮しました（旧女王がまだ元気な場合は、働き蜂の半数を連れて移転するそうですが）。

蜂の他に、蟻や蜘蛛にも感動します（特に巣に関して）。蟻の観察キットに夢中になったりカブト虫の幼虫を何十匹も育てたり、その成虫に性器を突き立てられて指に穴を開けられたりしながら、耽美小説家を目指していた懐かしの高校時代を思いだしつつ、この話を書きました。

食中《しょくあた》りになってはマヌカ蜂蜜に助けられている今日この頃、偉大な蜂に感謝しきりです。

話がそれましたが、今回の舞台を鹿島の森にすると決めてから、軽井沢に行ってきました。道自体が私有地になっているので途中までしか進めませんでしたが、大きなリスが目の前を走っていくような、とても神秘的で空気のいい森でした。あと、蒼真のモデルにしたアムール豹を観るために『よこはま動物園ズーラシア』にも行ってきました。冬の寒い日だったので、豹は目の前で丸くなって寝ていました。小さめの雄で、物凄く可愛かったです！

罪な体を持ちながらも愛し合う悪魔達、お楽しみいただけましたでしょうか？

頭の中には続きがありますので、再び彼らが日の目を見ることができるよう、ただひたすら祈るばかりです。気に入っていただけましたら、どうか応援してください。

最後になりましたが、『砕《くだ》け散《ち》る薔薇《ばら》の宿命《しゅくめい》』をお手に取っていただき、ありがとうございました。生き生きと迫力のあるイラストをつけてくださった國沢智《くにさわとも》先生にも、心より感謝しています。表紙ラフが届いた瞬間から、ルイがルイ様になりました。ひれ伏す勢いでした！

そして担当様、プロットの段階から迷走してご迷惑をおかけしましたが、念願の吸血鬼物を伸び伸びと書かせていただき、本当にありがとうございました。

※追記――この本に挟み込まれているリーフレットに、番外SSが載っているかと思います。そちらもご覧いただけたら幸いです。どうかまたお会いできますように――。

Lovers Label

砕け散る薔薇の宿命

ラヴァーズ文庫をお買い上げいただきありがとうございます。
この作品を読んでのご意見・ご感想をお聞かせください。
あて先は下記の通りです。

〒102－0072
東京都千代田区飯田橋2-7-3
(株)竹書房 ラヴァーズ文庫編集部
犬飼のの先生係
國沢 智先生係

2012年3月31日
初版第1刷発行

●著 者
犬飼のの ©NONO INUKAI
●イラスト
國沢 智 ©TOMO KUNISAWA

●発行者 牧村康正
●発行所 株式会社 竹書房
〒102－0072
東京都千代田区飯田橋2-7-3
電話 03(3264)1576(代表)
03(3234)6246(編集部)
振替 00170-2-179210
●ホームページ
http://www.takeshobo.co.jp

●印刷所 株式会社テンプリント
●本文デザイン Creative·Sano·Japan

ISBN 978-4-8124-4881-6 C 0193